外国经典
诗　歌
珍藏丛书

普希金诗选

柳鸣九 / 主编　顾蕴璞 / 编选
瞿秋白　王立业　王守仁　谷羽 等 / 译

時代文藝出版社

图书在版编目（CIP）数据

普希金诗选 /（俄罗斯）普希金著；顾蕴璞编选；瞿秋白等译. — 长春：时代文艺出版社，2020.4
（外国经典诗歌珍藏丛书 / 柳鸣九主编）

ISBN 978-7-5387-6225-9

Ⅰ. ①普… Ⅱ. ①普… ②顾… ③瞿… Ⅲ. ①诗集－俄罗斯－近代 Ⅳ. ①I512.24

中国版本图书馆CIP数据核字（2019）第268121号

出品人 陈 琛
产品总监 邓淑杰
责任编辑 李鹏飞
封面绘画 刘星宇
装帧设计 孙 利
排版制作 隋淑凤

普希金诗选

［俄罗斯］普希金 著　顾蕴璞 编选　瞿秋白 等译

出版发行 / 时代文艺出版社
地址 / 长春市福祉大路5788号　龙腾国际大厦A座15层　邮编 / 130118
总编办 / 0431-81629751　发行部 / 0431-81629755　北京开发部 / 010-63108163
官方微博 / weibo.com / tlapress　天猫旗舰店 / sdwycbsgf.tmall.com
印刷 / 三河市万龙印装有限公司
开本 / 880mm × 1230mm　1 / 32　字数 / 221千字　印张 / 11
版次 / 2020年4月第1版　印次 / 2020年4月第1次印刷　定价 / 42.00元

图书如有印装错误　请寄回印厂调换

编者、译者简介

顾蕴璞

北京大学教授，中国作协和中国译协会员。1931年生。著有《莱蒙托夫》《诗国寻美——俄罗斯诗歌研究》等论著，编有《莱蒙托夫全集》《叶赛宁研究论文集》（合编）、《普希金精选集》《俄罗斯白银时代诗选》《普宁精选集》《世界反法西斯书系·苏联诗歌》（合编）等编著，译有普希金、莱蒙托夫、叶赛宁、帕斯捷尔纳、普宁等多位俄罗斯诗人的专集或合集。所译《莱蒙托夫全集·抒情诗Ⅱ》获首届鲁迅文学奖，2006年被俄罗斯作协授予“高尔基奖”，2007年被中国译协授予“资深翻译家荣誉证书”。

瞿秋白

无产阶级革命家，俄汉文学翻译的开创者之一

王立业

北京外国语大学教授博士生导师

王守仁

外国文学研究所研究员

谷　羽

南开大学教授

普希金和他的诗歌精神（序）

顾蕴璞

亚历山大·谢尔盖耶维奇·普希金（1779—1837）是俄罗斯近代文学和俄罗斯文学语言的奠基人，是“一切开端的开端”（高尔基语）。普希金不但是俄罗斯诗歌的太阳，而且是俄罗斯精神文化的象征。[①]就世界文学史上的地位而言，普希金“是意大利的但丁，英国的莎士比亚，德国的歌德”（郭沫若语），而就本国历史上的地位而论，据1999年6月一项民意测验，他名列第二，仅次于彼得大帝[②]。普希金是举世公认的俄罗斯的文学（包括诗歌、小说、戏剧、文学批评）经典，特别是俄罗斯诗歌经典之最。

---

① 详见查晓燕著《普希金——俄罗斯精神文化的象征》（北京大学出版社，2001）。

② 详见刘文飞著《阅读普希金》（人民文学出版社，2002）第281页。

普希金的生命轨迹

普希金，于1799年6月6日出生在莫斯科一个古老而没落的贵族家庭。父亲当过禁卫军军官，崇尚法国文化，有大量藏书。母亲是埃塞俄比亚（又有人论证为喀麦隆）裔“彼得大帝的黑奴”汉尼拔的孙女，父母相距极远的血缘给普希金留下了混血的外貌特征和超凡的智能素质。叔父瓦西里·普希金（1770—1830）属于以卡拉姆津为代表的感伤派诗人。普希金早年家里的常客有卡拉姆津、茹可夫斯基、巴丘什科夫等著名诗人，他们给少年普希金营造了一个良好的文学氛围。对普希金起过启蒙作用的法籍家庭教师和熟悉民间文学的奶娘阿琳娜·罗季昂诺夫娜，不但使普希金八岁起就能用法语写诗，从小便亲近俄罗斯民间文学和人民的语言，而且为他毕生从事外国艺术经验的本土化和民族艺术传统的现代化事业打下了坚实的文化素养基础。

1811年，十二岁的普希金随叔父到彼得堡，并进了专为贵族子弟创办的皇村学校。在法国大革命和1812年俄国卫国战争胜利的感召下，普希金接受了拉季舍夫的革命民主传统和法国伏尔泰等人的启蒙主义思潮，与未来的十二月党人丘赫尔别尔格等人结下了深厚的友谊。在就读皇村学校期间，普希金即初露诗才，写下一百多首抒情诗，虽是以歌唱爱情、友谊为主的习作，但为日后的诗歌以至整个文学创作打下基础，特别是在毕业典礼上朗诵的抒情诗《皇村的回忆》，深深打动了老诗人杰尔查文，称他是将来接替自己的人。这首诗使普希金一鸣惊人，也使他对未来充满自信。

1817年，普希金从皇村学校毕业，以十等文官的资格在外交部任翻译。1819年，他参加“阿尔扎玛斯社”和“绿灯社”，和两社中的一些十二月党人交往密切，观点接近。1817年至1820年，普希金的诗带有日益明显的政治倾向，他所写的《自由颂》《致恰阿达耶夫》（1818）、《童话》（1818）、《乡村》（1819）等抨击了沙皇专制政权和吃人的农奴制度，激起了进步青年的强烈反响，触怒了亚历山大一世，招致了原遣往西伯利亚，后在茹可夫斯基（普的老师）的斡旋下改发配南俄（在奥德萨总督府任职）的政治流放。普希金在上述时期根据民间故事用人民的语言创作了被誉为“俄国诗歌的转折”的叙事诗《鲁斯兰和柳德米拉》（1817—1820），这部来自民间又高出民间，借鉴贵族传统又向它挑战的叙事诗，使当时最伟大的诗人茹可夫斯基心悦诚服地称他为“取了胜的学生”，而把自己叫作“被击败的老师”，普希金从此享誉俄国诗坛。

1820年5月，普希金在南下流放途中获准随1812年卫国战争英雄拉耶夫斯基将军一家游览了高加索及克里米亚，9月抵达萨拉比亚曾是十二月党人南社活动据点的基希尼奥夫。他的抒情诗《短剑》（1812）就曾在南社成员中起到为推翻专制煽风点火的作用。南国绮丽的自然风光，十二月党人的政治氛围，因歌颂自由而招致的孤立处境令诗人的创作结出累累硕果，其中有《高加索的俘虏》（1820—1821）、《巴赫奇萨拉伊的泪泉》（1821—1823）、《强盗兄弟》（1821—1822）、《茨冈人》（一译“茨因”）（1824）

等浪漫主义叙事诗或诗体中篇小说，《致大海》等抒情诗以及诗体长篇小说《叶甫盖尼·奥涅金》的第一、二章。这个时期普希金在创作上出现两次转折：《高加索的俘虏》（1820—1821）因借鉴拜伦的外来经验反映俄国当代人心态而使普希金成为当时俄国浪漫主义的杰出代表，但普希金又因该长诗未能刻画出当代青年的典型而又写出俄国第一部现实主义剧本《鲍里斯·戈都诺夫》（1825）和俄国第一部现实主义小说（诗体）《叶甫盖尼·奥涅金》的第一、二章。

1824年，普希金因与沃隆佐大将军关系恶化而被调离奥德萨。同年8月，亚历山大一世因普希金写有一封亵渎上帝的信件将他流放到普斯科夫他母亲的领地米哈伊夫斯科耶村交由政府、教会和父母三方共同监管。普希金在奶娘的陪伴下在这里所度过的两年幽禁生活，使他接近了文学的源头——人民的生活，汲取了俄罗斯精神文化传统和道德审美理想，写出了大量优秀作品，其中包括几十首抒情诗、历史悲剧《鲍里斯·戈都诺夫》、叙事诗《努林伯爵》《茨因人》以及诗体长篇小说《叶甫盖尼·奥涅金》的前六章。

1825年12月，十二月党人起义惨遭失败，次年7月，五名领导人被处绞刑，其余一百二十名参加者被流放西伯利亚，普希金对此深感痛惜。新沙皇尼古拉一世明知普希金与其并无牵连，却故作姿态对他表示宽大，以笼络民心。还亲自召见他，允许他回莫斯科居住，但同时又宣称将亲自审查他的作品。1827年，普希金又获准去彼得堡。尼古拉一世曾向他许诺要推出多项改革措施，他虽写了《斯坦司》《给朋友们》等幻想尼古拉一世效法彼得大帝实行仁政的诗，但始终持独立见解，与流放中的十二月党继续保持思想联系，因而依旧受沙皇宪兵等的密切监视。他所写《致西伯利亚的囚徒》（1827）、《阿里昂》（1827）仍保持着先前在《致恰阿达耶夫》《短剑》等中所表现的反暴政、颂自由的政治倾向。1828年，普希金写了以彼得大帝为题材的叙事诗《波尔塔瓦》，开始把注意力从现实转向历史，但关注俄罗斯命运的初衷丝毫未改变。

1830年5月，普希金和娜塔莉娅·冈察洛娃订婚，然后便下乡处理父亲划归他的在波尔金诺的一块领地和二百农奴等事宜。当时正值金秋时节，但遇到霍乱流行，被困在那里达三个月之久。这就是诗人一生中创作最丰硕的“波尔金诺之秋”：最终完成了《叶甫盖尼·奥涅金》，创作了《别尔金小说集》，还写了《吝啬的骑士》《莫扎特和萨列里》《石客》《瘟疫流行时的宴会》等四个小悲剧，童话诗《神父和他的长工巴尔达的故事》。此外，他还写了三十多首抒情诗。

1831年3月，普希金和冈察洛娃结婚。5月，由莫斯科迁往彼得堡，定居在皇村，仍回外交部任十等文官，但无具体职务。为了能经常在宫廷舞会上见到普希金美艳绝伦的新婚妻子，沙皇尼古拉一世赐给诗人宫廷近侍的头衔，这对普希金实质上是一种侮辱。但为了利用宫廷档案写自己决心要写的《彼得大帝史》，普希金权且违心地接受了这一差使，从而落入沙皇精心设计的加害他的陷阱。即使在这种逆境中，普希金仍力排干扰，专心加紧创作，写出长篇小说《上尉的女儿》（1836）、叙事诗《铜骑士》（1833）等不朽名著。

19世纪30年代的彼得堡，政治气氛十分令人窒息。原先抗暴政、争自由的贵族革命知识分子，有的已沉默，有了甚至已妥协，只剩下赫尔岑等少数优秀分子还在苦苦探索救国之道。普希金因受沙皇的监视无法和他们取得联系。此时他的思想显得很矛盾：一方面，同情十二月党人的不幸处境，另一方面，又认为起义是不明智之举；一方面，对沙皇当局始终保持诗人的使命与尊严，另一方面，对尼古拉一世抱有幻想，期盼他也能和彼得大帝一样实行仁政。这一时期，他在创作上已逐渐由诗歌转向散文，而且专注于历史题材，特别是彼得大帝和农民起义。他开始从事文学批评，参与《文学报》（1830—1831）的工作，创办了《现代人》杂志，发现与扶持了一批文学新人。

与宫廷的接近使普希金疏远了对他怀有厚望的广大读者，他本人早已意识到这一点，多次请求辞官去乡间专门从事创作，但遭到沙皇的拒绝，他与宫廷之间的矛盾日趋尖锐，他深感被一种敌意笼罩着。沙皇对普希金妻子美颜的垂涎，已使诗人严重受辱，法国波旁王朝的余孽，近卫军军官丹特士对她的追逐，更使中伤诗人名声的谣言纷起。一封羞辱诗人的匿名信终于让普希金忍无可忍，要求与这个法国佬决斗，以捍卫自己的名声和祖国的尊严。1837年1月27日，普希金这位俄罗斯的稀世天才终于倒在了受宫廷幕后指使的外国人丹特士的枪口下，于1月29日下午两点四十五分含恨而逝。

普希金一生共写下八百多首抒情诗，十二首叙事诗及若干叙事诗片断、提纲，六首童话诗，一部诗体长篇小说，一部散文体长篇小说及几部散文体或书信体中篇小说，五部散文体短篇小说，六部诗剧及一些剧本片断，多篇政论、文论、书信、日记以及《普加乔夫史》《彼得大帝史》（未完成）等。

普希金的诗歌精神

诗歌精神是诗人的人文关怀和人性关注，是时代精神与民族精神的诗性交融，是社会责任感和历史使命感的诗意合璧，是诗人心灵之歌的主旋律。作为俄罗斯第一民族诗人的普希金，他的诗歌精神，据笔者读与译的感悟，主要由以下要素构成：以法制权，弘扬自由；师承先知，净化心灵；仰慕女神，诗化爱情；立足民族，魂系人民。

一、以法制权，弘扬自由。普希金早年即受伏尔泰、孟德斯鸠等法国思想家启蒙思潮的影响，以早于自己引进西方自由理念的拉季舍夫为先驱，写出了新的《自由颂》，诗人以法国拿破仑与被推翻的路易十六的历史影射当政的亚历山大一世与保罗一世的被谋害，以矛头直指沙皇专制和农奴制的大无畏气概，高唱自由、平等、法治的旋律，弘扬人的主体精神：

来吧，从我头上把桂冠摘除，
快把这娇弱无力的竖琴砸碎……

我要为世人歌唱自由，
我要把皇位上的恶行击溃。
……
唉，无论我向哪里举目，
到处是皮鞭，到处是镣铐，
是法律受到致命的侮辱，
是受奴役的人无助的哭叫；
……
统治者们，是法度，而不是天性，
给了你们皇冠和宝座，
你们高踞于人民之上，
但永恒的法把你们盖过。
……

普希金在《自由颂》中所营造的“永恒的法把你们盖过”的意象是他在给K·托里的回信中所阐述的法大于权的思想的艺术结晶，他说：“天才总是从一方面揭示真理，而《圣经》说，‘真理胜于沙皇’。”①

普希金法大于权的自由新观念在其他涉及最高权力的诗中也频频流露：

① 详见查晓燕著《普希金——俄罗斯精神文化的象征》第135页第17—18行。

伴着简陋却崇高的竖琴，
我从不把人间的神颂扬，
朝权势，我以自由为傲骨，
也不摇谄媚的香炉散香。

《纳·雅·波柳斯科娃》

普希金的自由理念，不仅仅是含纳在《自由颂》《乡村》《致恰阿达耶夫》《囚徒》《短剑》《阿里昂》《安德列·谢尼耶》等政治抒情诗中的政治信仰和社会批判，而且是附丽于许多其他抒情诗、不少长诗和《叶甫盖尼·奥涅金》等中的人格独立精神和文化批判意识。《致大海》中的大海，既是自由不羁的自然伟力的象征，也是桀骜不驯的独立人格精神的化身。《茨冈人》展现了普希金独具慧眼的自由观：以阿乐哥为代表的文明人对自由的盲目追求酿成以真妃儿为代表的自然人惨遭毁灭的悲剧。

普希金所弘扬的自由，不是对当时西方先进文化的盲目追随，而是他在俄罗斯文化与西方文化急剧碰撞中对人的价值观的自主选择。1824年，当书商向诗人问道“如今，远离喧嚣的上流社会，告别缪斯和时尚的浊流，您到底将选择什么？”时，诗人的回答是“自由”（《书商和诗人的对话》），一如1825年他在《饮酒歌》中选择了让生命欢笑的自由。普希金在不同场合所弘扬的自由，同是个性的弘扬，对真理的膜拜，对光明的期盼：

举起酒盅来，一起干杯！
缪斯们万岁，理智万岁！
你，神圣的太阳，燃烧吧！
有如圣像面前的神灯，
在灿烂的朝霞前暗淡，
在不朽的智慧太阳面前
虚假的睿智也黯然腐烂。
万岁，太阳！速退，黑暗！

《饮酒歌》

二、师承先知，净化心灵。普希金把诗人看得像先知那样神圣，自比先知，甚至自称先知。他在《先知》一诗中意象化了对诗人使命的颖悟：他饱受心灵的饥渴，在荒原的旅途中一个十字路口，突然受一位六翼天使的点拨，便有了先知的眼睛、敏锐的听觉，接着他被拔去了“罪恶的舌头”，代之以“智慧之蛇的舌头”。最后，他又被剖开胸膛，从中挖走那颗“颤抖的心”，代之以“一块火焰熊熊的赤炭”。于是，耳畔传来上帝的声音：

起来吧，先知！且听，且看，
让我的旨意把你充满
去吧，把五湖四海都走遍，
用我的真理把人心烧亮。

普希金的先知精神（用今天的话来说就是“社会的良心”）充满他的一切作品，首先是他的诗篇。在沙皇专制的年代，诗人对当局，没有诉说真话的权利，只有歌功颂德的义务。从普希金开始，诗人争得了社会先知的话语权，从而凸显出先知先觉的诗人和后知后觉甚至不知不觉的俗众之间的矛盾。这在抒情诗《诗人和俗众》《致诗人》《书商和诗人的对话》等诗中随处可见。在《诗人和俗众》中，诗人对俗众说：

不是为了生活中的焦虑，
不是为争斗，不是为贪心，
我们生来是为了灵感，
为了祈祷和甜美的琴音。

在《致诗人》中，普希金对诗人的神圣使命做了深刻的概括：

诗人啊！切莫看重世人对你的喜好，
狂热赞美的短暂喧闹即将逝去。
你将听到笨伯的指责和世人的冷笑，
然而你仍应保持坚定、镇静和沉郁。
你是王者：独自活下去，你应走定
自由的心灵引你走着的自由之路，
你要对珍爱的思想果实精益求精，

不要为崇高的业绩对褒赏有所求。

三、仰慕女神，诗化爱情。普希金在把生命变成诗的同时，也把生命赋予诗，因为主宰普希金的生命和诗的是同一个灵魂——爱。对于普希金来说，爱，不仅仅是他创作的灵感之泉，其本身就是真善美的心灵之声。普希金的爱突出地表现为对缪斯的爱，而缪斯原是希腊神话中九位司文艺和科学的女神的通称，他在诗中常用女神来形容，来想象，来诗化他所钟爱的女性，把她们看作真善美的化身，像爱诗歌那样爱她们。因此，对普希金的爱情诗的阅读不能仅限于欣赏诗人渲泄隐秘情感的诗才，而应同时领悟他“仰慕女神，诗化爱情”，即诗化生活和人性的一种独特的诗歌精神。这种诗歌精神的源头还可以追溯到俄罗斯东正教文化传统中的圣母玛利亚崇拜，圣母的母性和女性成了土地、祖国以及人间一切美好东西的象征。把女神崇拜和圣母崇拜融合到一起，使普希金的女神崇拜又平添了几分圣洁。在普希金的抒情诗（《叶甫盖尼·奥涅金》）中，不乏以“女神”直接称呼他所心仪的女性的例子。如《回答》（1830）中他称叶·尼·乌沙科娃为“我的女神”。在《致凯恩》中我们更可以看到女神般的凯恩甚至左右了诗人的生存状态和创作灵感：

……

身处幽禁，在静僻的乡间，

我一天一天苦挨着人生，
没有“女神”，没有灵感，
没有眼泪、活力和爱情。

心灵逢上复苏的时分，
眼前又出现了你的倩影，
……

我的心跳得如醉似狂，
为着它一切重又复生：
有了“女神”，有了灵感，
有了活力、眼泪和爱情。

俄国杰出批评家别林斯基说过，“在普希金的任何感情中永远有一些特别高贵的、温和的、柔情的、优雅的东西。因此看来，阅读他的作品是培养人的最好的方法，对于青年男女有特别的益处。”[①]这里所说的“任何感情”当然包括爱情。追求真（情）、善（意）和美（境）是普希金所有诗歌的共性，更是他的爱情诗（约占全部抒情诗的四分之一）的个性。试以抒情诗《我爱过您；也许，我心中……》为例：

① 《普希金评论集》（冯春编选，上海译文出版社，1993）第71页。

我爱过您：也许，我心中，
爱情还没有完全消退；
但愿它不再扰乱您吧，
我丝毫不想让您伤悲。
我曾爱过您，默默而无望，
受尽羞怯、忌妒的折磨；
我爱您是那样真诚、温柔，
愿别人爱您也能够像我。

普希金用女神般圣洁的爱面对他心目中的这位女神。无望的爱没有滋生恼恨，羞怯的尴尬没有改变真诚，忌妒的干扰没有熄灭他心中的爱火，因为诗人把对女性的爱升华为对人的爱，对女性人格的尊重，对爱的权利的尊重，使一般人认为天生本来自私的爱情升华为兼顾情和理的大爱，是比终成眷属的爱更高层次的真（情）、善（意）、美（境），普希金的不少爱情诗都洋溢着这种如仰慕女神般圣洁的激情。

四、立足民族，魂系人民。普希金为了民族的觉醒，借助法国启蒙主义思潮，写出《自由颂》等诗篇，在专制农奴制的国土上崇法蔑权，弘扬自由。同样，为了民族的振兴，他推崇彼得一世的革新，把他看作俄罗斯的骄傲和希望，即使在《铜骑士》的彼得一世与小人物的冲突中，他仍立足于民族的大局，在给予小人物人道主义同情的同时，不改对引领俄国走向富强的彼得一世恒久的敬仰。

但在另外众多场合，人民眼中的沙皇总是被普希金放置在自己的对立面上。如他所写俄国第一部现实主义历史剧《鲍里斯·戈杜诺夫》（1825），通过主人公篡夺别人皇位后又被别人篡走的悲剧，向人们揭示皇朝的兴亡取决于“民众的公意”的真理。又如在他所写寄同情于十二月党人的《致恰阿达耶夫》中有这样的诗行：

纵然宿命势力压如大山，
我们以迫不及待的心情，
时刻听候着祖国的召唤。

普希金在这里所说的祖国，绝非象征专制权力的沙皇的版图，而是背负着民族之魂的载体。

在他具有遗嘱意义的《纪念碑》一诗中，一方面，他那为自己所建造的非人工的纪念碑，“昂起那颗不肯屈服的头颅耸立着／比亚历山大纪念柱还高”。另一方面，他解释这一现象的由来；“不，我不会完全死去，心灵在竖琴里／将逃避腐朽，比尸骨活得更久长”，魂系人民的诗人树在人民心中的纪念碑使普希金感到无比的自豪：

我的名字将把整个俄罗斯传遍，
提起我的将会有各种各样的语言，
无论骄傲的斯拉夫人的子孙，还是芬兰人、

未开化的通古斯人、草原之友卡尔梅克人。

我将久久地受到我的人民的喜爱，
因为我曾用竖琴唤起善良的感情，
因为我歌颂过自由，在这严酷的时代
　　还曾为倒下者呼吁过宽容。
……

普希金因立足民族而成为民族诗人，更因魂系人民而成为人民心中的民族之魂。

2011年12月

目录 Contents

叙 事 诗

童 话 诗

我 的 肖 像

你求我画自己的肖像，
　但要临摹真人，
亲爱的，肖像快画好，
　尽管只是个微型。

我是个年轻的浪子，
　还在学校就读；
我敢说，我不愚笨，
　扭扭捏捏可没有。

我从不爱絮絮叨叨，
　也不是巴黎大学博士，——
这种人比起我来，
　真讨厌，装腔作势。

我的个子和细高个儿相比，

无法一争高下
我脸色鲜艳，发色金黄，
还是一头卷发。

看戏、跳舞，我都喜欢，
如果要我不掩饰，
我会说，我还会喜欢……
假如我不在皇村读书。

就凭这些，我的挚友，
您就可认出我的肖像，
是的，我想永远表现为
上帝造就我时那样。

恶作剧是十足的魔鬼，
长相是地道的猴形，
轻浮冒失是太多——
是的，这就是普希金。

（1814年）

水 和 酒

我爱在烈日炎炎的正午
从小溪中掬饮片刻清凉，
我爱在寂静的偏远丛林
看水流不停拍溅到岸上。
当酒在急斟时漫向杯口，
在众人轮饮的盏中翻沫，
朋友们请讲，谁能不哭泣，
当他的心先溢满了欢乐？

胆大妄为者该遭到诅咒，
他首先伸出了罪恶的手，
受狂暴的造孽行为的魅惑，
真可怕！竟把水掺进了酒！
这一类恶棍该遭到诅咒！
但愿他再也无力痛饮，
或者是纵然还能贪杯，

但无法把不同的酒品认。

（1815年）

我的墓志铭

这里埋葬着普希金，他毕生快乐，
总结交年轻的缪斯、懒散和爱神；
他并无什么善举，但的确可以说：
　　论心地他是个好人。

（1815年）

玫　瑰

我的朋友们，
我们的玫瑰[1]何在？
玫瑰已枯萎，
这个朝霞的幼孩。
你可不要说：
青春也这样凋败，
你可不要说：
这便是生的欢快！
请转告玫瑰：
别了，我怜惜你早衰！
也指给我们：
百合花[2]在哪里盛开。

（1815年）

① 玫瑰是爱情的象征。
② 百合花和会凋谢的玫瑰不同，被视为永不凋谢的美和生命力的象征。

歌　　者

你可曾听见夜间树林后的歌声；
它发自爱情的歌者，悲情的歌手，
当田野在黎明来临时一片沉寂，
那芦笛凄切而质朴的哀音悠悠
你可曾听见？

你可曾在林中荒凉的夜间遇到，
那位爱情的歌者，悲情的歌手？
你可曾看出那泪痕和那微笑？
那一对充满忧伤的平静的眼眸
你可曾遇见？

你可曾轻叹，当你谛听那轻吟，
它发自爱情的歌者，悲情的歌手；
当你在树林里看见那个年轻人，
遇着他那暗淡的双眸的时候，

你可曾轻叹？

(1816年)

窗

不久前一个幽暗的夜晚，
当一轮孤寂清冷的月亮，
缓缓移动在茫茫的云天。
我看见窗前有一个姑娘
若有所思地正独自坐着，
在隐秘的恐惧中胸脯起伏。
她正忐忑不安地注视着
山丘下那条幽暗的小路。

“我在这里！”有人慌张地低语。
姑娘用她那颤抖的纤手
怯生生地把窗户匆匆开启……
月亮用夜幕将自己盖住。
“多幸运呀！”我苦恼地说，
“等待你的定是幽会的欢快。
到底何时的夜晚时刻

也有人来向我把窗户打开？”

（1816年）

真　理[1]

自古以来哲人们就寻觅
被人遗忘的真理的迹痕，
他们久久、久久地阐释
老者们自古纷纷的议论。
他们断定："圣洁的真理
被人秘密地放进了井里"，
他们齐心协力连口喝水，
喊道："井中我得到真理！"

但有个人造福于百姓，
（仿佛是老头儿西勒诺斯）[2]
亲眼看见他们的绝顶愚蠢，
厌烦他们的水和力竭声嘶，
抛开这不见其形的东西，

① 诗人从"真理在酒中"的古老谚语和"真理在井中"的天文学家逸闻汲取灵感。

② 希腊神话中酒神的养父。

他突然第一个想起酒浆，
喝干了一杯，不剩半滴，
他发现真理在杯底埋藏。

（1816年）

哀　歌

谁敢自认钟情而无惧，
谁遇上那不可知的命运
而仍受微弱希望的抚慰，
他就是一个幸福的人。
可是在我忧伤的生活中，
失却隐秘欢情的慰安；
早开的希望之花凋敝了：
生命之花因痛苦而枯干！
青春将忧伤地失去，
同逝的还有生命的玫瑰，
纵然已被爱情遗忘，
但我忘不了爱情的苦泪！

（1816年）

恋人的话儿

我在钢琴旁谛听丽拉；
她那美妙悦耳的歌声
比潺潺水边的夜莺更动听，
或胜过夜半弹奏的竖琴。
我的泪水夺眶而出，
便告诉这位可爱的歌女：
“你忧伤的歌声很是迷人，
但我的恋人说的话儿
比丽拉的情歌更令人销魂。”

（1816年）

别了，忠诚的阔叶林[1]

别了，忠诚的阔叶林，
别了，田野无虑的宁静！
这么快飞驰而去的岁月中
那稍纵即逝的欢娱情景！
别了，三山村，有多少回
欢乐在这里和我相逢！
莫非我品尝你们的甜美，
是为了永远离别你们？
我要从你们带走回忆，
而把心留在你们身上。
也许（甜蜜的梦想而已！）
我会重返你们田野探望，
再次到椴树拱顶下栖留，
踏上那三山小丘的斜坡，

① 本诗是写在Π·A·奥西波娃（1781—1870）的纪念册里的。她是三山村（米哈伊洛夫斯科耶的邻村）的女主人。

虔诚向往这友爱的自由、
欢乐、优雅和智慧的王国。

（1817年）

不出国门爱把异邦关切……

不出国门爱把异邦关切，
对故土我一向只有责怪，
我常说道：在我的祖国，
哪里有睿智，哪里有天才？
哪里遇得着这样的公民：
心灵高尚、崇高并渴望自由？
哪里遇得着这样的女人：
美得鲜灵、迷人、炽热而不冷酷？
哪里听得到旷达的谈吐：
才气横溢、欢快、有学问？
跟谁交往才不无聊和心寒？
祖国啊，我几乎要把你憎恨——
可是昨天我遇见了戈里琴娜[①]，

① 叶·伊·戈里琴娜（1780—1850），普希金的女友。她的沙龙具有爱国主义和自由思想的倾向，很受进步人士推崇。

便对祖国顿生修好之心。

（1817年）

自由颂[1]

滚开，快从我眼前消失，
西色拉岛上娇弱的女皇[2]！
威慑帝王的雷霆，你在哪里？
自由的高傲歌者[3]，你在何方？
来吧，从我头上把桂冠摘除，
快把这娇弱无力的竖琴砸碎……
我要为世人歌唱自由，
我要把皇位上的恶行击溃。

请给我指明那位崇高的
高卢人[4]留下的可敬的足迹。
是你激励他勇敢地讴歌，

① 《自由颂》是普希金继承与发扬俄国作家歌颂自由反抗暴政传统的主要代表作之一，他和写《自由颂》的前辈拉季舍夫一样，因此而遭到流放的厄运。

② 指据传住在西色拉岛上的维纳斯，即罗马神话中爱与美的女神。

③ 指诗神。

④ 指法国诗人勒布伦（1729—1807），在法国资产阶级革命时期写有《法兰西人民颂》等。

笑迎光荣的苦难的侵袭。
战栗吧，轻浮命运的子弟！
战栗吧，你这世间的暴君！
而你们，倒伏在地的奴隶，
振奋吧，倾听吧，起来抗争！

唉，无论我向哪里举目，
到处是皮鞭，到处是镣铐，
是法律受到致命的侮辱，
是受奴役的人无助的哭叫；
在那弥漫着偏见[1]的昏暗中，
到处有不义的权力成主宰，
它是对荣誉的致命的激情，
它是可怕的奴役人的天才。

只有当那强大的法律
和神圣的自由牢牢结合，
法的坚盾向大家伸去，
法的利剑被忠实可靠的
公民的手紧握，一视同仁，

---

① 指教会的偏见。

在所有人的头上滑过，
从高处挥击正义的利刃，
把一切罪行狠狠打落。

只有当他们的手不徇情，
不肯屈服于恐惧或贪婪，
到了那时在沙皇的头顶
才不会压着人民的苦难。
统治者们，是法度，而不是上天，
给了你们皇冠和宝座，
你们高踞于人民之上，
但永恒的法把你们盖过。

假如法律不小心睡着了，
假如人民或者是帝王
可能一手将法律操纵，
那整个民族就会遭殃！
众所周知的错误的殉难者[1]啊，
如今我呼唤你出来作证，
你在不久前风暴的喧闹中、

---

① 指法国国王路易十六（1754—1793），1789年法国资产阶级革命爆发后阴谋复辟，于1793年1月被处死。

你帝王的头为祖先而牺牲。

路易当着沉默的后代，
昂扬地步步走向死亡，
把黜免皇冠的头颅垂在
背信弃义的血腥刑台上。
法沉默了，人民沉默了，
罪恶的刑斧落了下来……
于是一身恶徒的紫袍[①]
便把戴镣铐的高卢人覆盖。

你这不可一世的魔王啊，
我恨你，我恨你的皇座。
我会以残酷的喜悦看见
你和你的子女们的殒没。
人民将会在你的前额
看到备受咒骂的印痕，
你在世上把上帝谴责，
是上天的羞耻，人间的灾星。

① 指拿破仑的皇袍。

当午夜天幕上的星星
闪烁在忧郁的涅瓦河上空，
一颗无忧无虑的头颅
沉浸入一个安静的梦。
有位沉思的歌者凝望着
一个暴君的荒凉的遗迹，
那是被人忘却的宫殿①，
在雾中阴森可怖地安息。

在这可怕的宫墙后面，
他听见克里奥②可怕的声音，
他在眼前清晰地看见
卡里古拉③临终前的一瞬：
走来了一群诡秘的刽子手，
身上佩满绶带和勋章，
被酒味和恶意灌得烂醉，
心怀恐惧，脸露凶相。

不忠的岗哨默然顺从

① 指米哈依洛夫宫，暴君巴维尔一世在这里被杀死。
② 希腊神话中主管历史和史诗的女神。
③ 公元1世纪的罗马皇帝，以残暴著称，后为近臣所杀。

吊桥被悄悄放了下来，
两扇大门在幽黑的夜间
被受雇的叛逆的手打开……
可耻啊！我们时代的灾祸！
野兽般闯进了土耳其士兵[①]！……
不光彩的袭击接连降落……
那头戴皇冠的恶徒便丧命[②]。

沙皇们啊，如今要记取教训，
无论是刑罚，或者是奖赏，
无论是监牢，或者是神坛。
都不是你们可靠的篱墙。
你们在法的可靠庇护下。
当率先把自己的头低垂，
只有人民的自由和安宁
才将是皇位永恒的护卫。

（1817年）

① 东方君主常以土耳其士兵为近卫军，他们在宫廷政变中起了不小的作用。
② 指俄皇巴维尔一世被刺。

童　话[1]

（圣诞节颂歌）

乌拉！一个游荡的暴君
骑马向俄国驰骋。
救世主[2]哭得正伤心，
跟着哭的还有全国的百姓。
玛利亚[3]张罗起这事，吓唬救世主：
“别哭，孩子，别哭，我的主啊：
瞧这怪物——俄国沙皇来啦！”
沙皇一进屋，开口就宣布：

“俄国的百姓，有一件事
你们该知道，已无人不晓：
我已为自己分别缝制
普鲁士和奥地利军服各一套。

① 1818年沙皇亚历山大一世在他在华沙召开的波兰议会上致词时做了种种许诺，普希金称之为“童话”，以揭露其欺骗性。

② 即圣母玛利亚从圣灵怀孕后所得圣子耶稣。

③ 指圣母，即救世主耶稣的生母。

哦，百姓，欢欣吧！我饭饱、体健并肥胖；
办报人总是在把我夸奖，
我又喝，又吃，又许愿——
并且不为事情把脑筋伤。

“请再听我补充几句，
谈我以后有些什么打算：
我要叫拉甫罗夫[①]退休去，
把索茨[②]送进精神病院；
我要制定法律，取代戈尔戈里[③]的人治
我要给百姓当百姓的权利，
全凭我沙皇的仁慈，
出于我的一片好意。”

小孩从自己床上
高兴得蹦了起来：
“难道真的是这样？
莫非只把玩笑开？”
母亲却对他说：“睡吧，睡吧！闭上眼睛吧；

① 当时的警察厅执行处处长。
② 当时的警察厅特别审查委员会秘书。
③ 当时的彼得堡警察局长。

你听过沙皇爷讲的这些离奇的童话，
总算也该入睡。”

（1818年）

写诗匠小史

他以惯用的听觉谛听咝咝声——
他一门心思地把稿纸涂抹；
然后把普天下的听觉折磨；
然后印出来，扑进忘川沉没！

（1818年）

纳·雅·波柳斯科娃[①]

伴着简陋却崇高的竖琴，
我从不把人间的神颂扬，
朝权势，我以自由为傲骨，
也不摇谄媚的香炉散香[②]。
我学习的只是颂扬自由，
诗篇只是为自由奉献，
生来就不会凭羞怯的缪斯，
去取悦沙皇们让他们心欢。
可我要承认，在赫利孔山下，
在卡斯塔里泉喧闹的地方，
我受到阿波罗灵感的启迪，
曾悄悄地把伊丽莎白歌唱。
我这见过天国的尘世目击者，
揣着一颗燃烧的心灵，

① 这首诗是为皇后伊丽沙白·阿列克谢耶夫娃的宫廷女官纳·雅·波柳斯科娃（1780—1845）所写。皇后对沙皇执行的反动政举也心怀不满。

② 摇香炉散香，是东正教、天主教的一种宗教仪式。

歌唱过皇位上的美德
和她那和颜悦色的美容。
正是爱情和暗怀的自由
使我心中发出朴素的赞颂，
我这不可收买的声音，
成为俄罗斯人民的回声。

（1818年）

致恰阿达耶夫[①]

爱情、希望、恬静的声名，
骗慰过我们并没有太久，
青春的欢娱也消逝无踪，
像晨雾散尽，春梦已收；
但我们胸中仍燃烧着心愿：
纵然宿命势力压如大山，
我们以迫不及待的心情，
时刻听候着祖国的召唤。
我们忍受期望的折磨，
等候神圣自由的时辰，
有如一位年轻的恋人，
期盼准确的幽会时刻。
趁我们都还燃烧着激情，
为荣誉献身的心还跳着，

① 彼·雅·恰阿达耶夫曾任御前近卫军军官，知识渊博，有反暴政思想，普希金在皇村学校读书时即与他相识，受他的自由思想的影响很深。

朋友，让我们将满腔激情
献给我们自己的祖国！
同志，相信吧，定将升起
一颗迷人的幸福之星，
俄罗斯定从睡梦中惊醒，
将在专制制度的废墟上
一个个写上我们的姓名！

（1818年）

乡　村[1]

我向你致意，荒凉偏静的角落，
恬静、劳作和灵感的栖息之地，——
在这里，我岁月的小溪潺潺流过，
流在幸福和忘情的怀抱里。
　　我是你的：我抛弃声色的迷宫，
抛弃了奢华的宴饮、谬误和欢娱，
换来密树的轻喧和田野的寂静，
换来随心的闲散和沉思这伴侣。

　　我是你的：我爱这凉爽的
　　开满了百花的幽深的花园，
爱看牧场堆满芬芳的草垛，
爱听清溪在树丛中流水潺潺，

① 这首诗是在“普斯科夫闹事”的影响下所写成。因矛头直接指向了农奴制，普希金只能以《穷乡僻壤》为题发表了诗的第一部分，第二部分以“然而，在这里有一种可怕的念头令我不安”开始，曾以手抄本广为流传。本诗的创作与流传也是诗人被判流放的主要罪状之一。

我面前生动的画面到处呈现：
在这里我看见两片碧蓝的平湖，
湖上有时闪耀着渔夫的白帆，
湖后是阡陌纵横和山冈的起伏，
　　远处是农舍的星星点点，
潮湿的湖岸放着游荡的牛羊，
还可见磨坊的风轮和烘房的轻烟。
到处是劳动丰足的景象……

在这里我挣脱了徒劳无益的镣铐，
学着在真实中寻求怡然的幸福，
以自由的心灵在法律面前拜倒，
而不去理睬愚昧世人们的怨诉，
学着用同情心回答羞涩的哀乞，
　　并不羡慕恶徒和愚人的红运，
他们的显赫不值一提。

历代的先知啊，我在此向你们聆听！
　　在这庄严的穷乡僻村，
　　你们欢快的声音听得更清，
　　它驱走忧郁而慵懒的梦，
　　唤起我心中创作的热情，

　　你们那善于创造的思想，
　　在心灵的深处成熟定型。

但一个可怕的念头使心儿扫兴：
　　在葱郁的田畴和山峦之间，
人类的朋友不觉悲伤地吃惊：
愚昧的沉痛耻辱到处可见。
　　在这里，命定害人的野蛮的地主们，
他们丧尽天良，目无法律，
他们看不见眼泪，听不见呻吟，
用强制的皮鞭把一切掠夺无遗：
农民的劳动，农民的财产和时间。
为别人的犁耙弓腰，忍辱于皮鞭，
　　在残忍地主的犁沟上拖步。
在这里，人人背负重轭到身亡；
心里不敢存什么希望和欲念，
　　在这里，妙龄姑娘如花绽放，
　　专供恶徒无情地恣意摧残；
日渐衰老的父辈的可爱支柱，
劳动的伙伴，这年轻的儿辈，
从祖祖辈辈居住的茅屋里走出，
去壮大受尽折磨的奴隶的行列，

啊，但愿我的呼声能震人心怀！
为何我胸中燃烧枉然的热情？
为何命运不给我镇人的辩才？

啊，朋友们，我是否能够看见——
沙皇一诏令下农奴制被废弃，
在我们文明而自由的祖国天上
终于有一片灿烂的朝霞升起？

（1819年）

一切都是幻影、虚空……

一切全都是幻影、虚空，
　　一切全糟透，令人嫌弃，
唯有美色与酒盅——
　　　　才是生活带来的乐趣。

　　爱情和美酒。
　　我们都需求，
　　人少了它们，
　　寂寞伴终身。

我还要添上疏懒。
去配爱情与美酒，
我随它把爱情颂赞，
它给我把盏斟酒。

（1819年）

献给M.的赞美诗

啊，你们如果没有燃过爱火，
看她一眼，就会懂得什么是爱。
啊，你们如果心儿已经冷却，
看她一眼，就会重新萌发爱。

（1819年）

你　和　我[1]

你十分富有，我非常贫穷，
你是散文家，我是个诗人；
像朵罂粟花，你脸颊绯红，
我枯瘦苍白，活像个死人。
你一辈子不愁吃和穿，
住着一幢宽大的房子，
我却在痛苦和奔忙中熬煎，
在干草堆上挨苦日子。
你往往懒得去向大自然
把你应付的债给偿还[2]；
我却因啃了一块干面包，
　　再喝了淡而无味的生水，
得为众所周知的需要[3]，
从顶楼到百丈外跑一回。

① 这首诗曾以手抄本流传，是专门抨击沙皇亚历山大一世的。
② 指解大手。
③ 指排大便。

你周围簇拥着成群的奴仆，
你的眼神含暴政的可怖，
你使用又细又白的棉布，
擦你那又肥又胖的屁股：
我不像孩子爱时髦一时
娇惯我这个罪孽的窟窿[1]，
对赫沃斯托夫[2]粗劣的颂诗[3]，
哪怕皱皱眉，还得使用。

（1820年）

① 指肛门。
② 是茹可夫斯基译过的一位非俄罗斯作家。
③ 把“粗劣的颂诗”比作粗糙的手纸。

白昼这盏明灯熄灭了……

白昼这盏明灯熄灭了……
黄昏的雾霭降在蓝色的海面上。
　　喧响吧，喧响吧，顺风的帆，
在我脚下澎湃吧，阴郁的海洋。
　　我望着那已经远去的海岸，
南方疆土上那神奇的地方，
我带点激动和惆怅心驰神往，
　　一味在往事的回忆中沉湎……
我觉得泪水又滋生在眼眶，
　　心儿在沸腾，又像快停跳；
熟稔的梦想正在绕着我飞翔，
我记起：往昔的爱使我神魂颠倒，
我记起令我痛苦的心爱的一切，
和折磨欺骗过我的心愿和希望……
　　喧响吧，喧响吧，顺风的帆，
在我脚下澎湃吧，阴郁的海洋。

飞吧，海船，听凭大海的任性凶险，
请你把我带往遥远的地方，
　　只是别带往那忧郁的海岸，
那里，我的祖国一片迷茫；
那里，情欲的火焰
　　头一次将我的情感点燃，
那里，温柔的缪斯悄悄对我微笑；
　　那里，我已失去的青春
　　就早早地凋残于风暴；
那里，转瞬即逝的欢乐背叛我，
把一颗冷却的心交给了痛苦。
　　我是个新鲜印象的寻求者，
　　我逃开了你，我的故土；
　　我逃开了你们，享乐的传人，
瞬间青春的瞬间友人们，
还有你们，淫荡迷途的情妇，
虽无爱情，我却为你们做过牺牲，
牺牲了平静、荣誉、自由和心灵。
还有你们，年轻的负心女郎，
韶华的密友，我已把你们遗忘……
但是无论什么也难以抚平
心上的旧痛，爱情的深刻创伤……

喧响吧，喧响吧，顺风的帆，

在我脚下澎湃吧，阴郁的海洋……

（1820年）

给多丽达

我相信：我被爱；心儿需要信任。
不会，我亲爱的人不会假正经；
她一切都不装假，那暗燃的情火，
那美惠女神无价的赠品，那羞涩，
还有穿戴和谈吐上的洒脱可亲，
亲昵名字中蕴含的稚嫩柔情。

(1820)

公爵格·并不是我的相识……

公爵格·并不是我的相识。
我没见过这样不当的混合：

他由卑劣和傲慢所合成，
但卑劣比傲慢还多几分。
在情场是懦夫，在酒馆是纤夫，
在前厅是下流痞，在客厅是蠢货。

（1820年）

我不再怀有什么心愿……[1]

我不再怀有什么心愿。
我不再钟爱什么幻想，
只有心灵空虚的苦果
还留在我自己的身上。

经受过残酷命运的摧折，
我绚丽的花冠已经凋零，
我悲伤而孤独地苦苦生活，
等待着：末日是否会来临？

恰似一张迟落的枯叶，
听到冬日风暴的啸吼，
受到晚来寒潮的震慑，
在光裸的树枝上瑟瑟发抖。

（1821年）

① 这是首哀歌，最初是作为长诗《高加索的俘虏》第二部分中为俘虏向高加索女郎的倾诉而写出的。

短　剑[1]

为交给不死的涅墨西斯[2]
林诺斯之神[3]才把你铸就，
你是惩恶的短剑，自由的秘密卫士，
你是最后的法官，仲裁屈辱与冤仇。

宙斯的雷若沉默，法律的剑若昏睡，
你便会成为化作行动的诅咒和希望，
你便在王位的庇护下偷窥，
你便在华丽的服饰里潜藏。

如像地狱的冷光，如像天神的电闪，
你无言的剑锋在向恶徒的双眼刺射，
当他置身于自己的饮宴，
浑身战栗着，在环顾中忐忑。

① 本诗在诗人生前仅以手抄本流传，但成了反对沙皇专制制度的战斗号角。
② 希腊神话中的复仇（或报应）女神。
③ 希腊神话中的锻铸之神，据传曾住在林诺斯岛上。

你到处都能给他猝不及防的一击，
无论在陆地、海上、庙堂或在营帐中，
或者在幽秘难寻的古堡里，
在卧榻上，在他的家人当中。

（1821年）

征　兆

要用心观察各种各样的兆头：
牧人和庄稼汉在年轻的时候，
看看天空，看看西天的阴影。
就能预先说出会起风或天晴，
会有给禾苗带来喜讯的春雨。
或会是危及葡萄的早到的霜期。
假如，傍晚时分在平静的水面
天鹅相互戏水，唤你到跟前，
或者明亮的太阳落入了愁云，
那明天必有暴雨将少女惊醒，
或者必有敲击窗户的冰雹，
而农民为收割谷地禾苗起个早，
一听到暴风雨声便不再出门，
重新躺倒，懒洋洋地再打个盹。

（1821年）

镜前的美人

你看这位可爱的美人：在镜前
她用花朵环绕着头插遍，
她一抚弄头发，那忠实的镜子
便映出笑容、傲气和撩人的眼。

（1821年）

虽说是个出色的诗人

"虽说是个出色的诗人，
埃米里[1]却是个浮华的人。"
"可你充满什么呢，盛装的小丑？
喔，我明白：充满你自己；
你充满了垃圾，我的朋友！"

（1821年）

① 埃米里，指普希金自己。

囚　徒[1]

我坐在阴湿牢狱的铁窗边，
在铁窗下，我忧郁的同伴，
那只在幽禁中养大的幼鹰。
正啄着一块血淋淋的食品。

它啄啄又甩掉，望望窗外，
仿佛和我有一样的心怀；
它用目光和叫声呼唤我，
“让我们飞走吧！”它想对我说。

“我们是自由的鸟儿，该飞啦，老兄！
飞往云外那闪着白光的山峰。
飞往那横着一片碧波的海域，
飞往唯有风和我散步的地区。”

（1822年）

---

① 这是诗人被流放在南俄时参观基什尼奥夫监狱有感而写。

给巴拉丁斯基

自比萨拉比

这个一片荒凉的国度，
是诗心倍感神圣的地方，
曾受过杰尔查文的歌颂，
它洋溢着俄罗斯的荣光。
那森的诗魂至今还在
多瑙河的两岸萦回徜徉；
迎着缪斯和阿波罗的弟子们
那甜蜜的召唤而飞翔。
我常常和那幽灵在一起，
伴着明月沿陡岸徘徊，
但是，朋友，拥抱你，
活着的奥维德，更是我所爱。

（1822年）

给费·尼·格林卡[①]

当我置身于狂饮的宴饮，
放逐的讯息不期而至，
我看到那一群疯狂的人
身上那卑怯的利己主义。
我无泪而懊丧地离开了
酒宴的花冠和雅典娜的光影，
但你的声音是我的慰藉，
你，胸襟宽大的公民！
纵然命运又一次决定
对我施行严酷的排挤，
一如爱情已对我负义。
在流放中我将会忘记
那种种有悖正义的裁决：
它们微不足道，只要你，

① 费·尼·格林卡（1786—1880），俄国诗人，军官，参加过1812年卫国战争。他对普希金十分关心，给了他极高的评价。

阿里斯蒂得[1]，认为我对。

① 阿里斯蒂得（约公元前540—公元前487），希腊政治家，诗人，被誉为正直和公理的表率。

小　　鸟[1]

身在异乡，我心仍虔诚，
恪守祖国古老的风俗：
当明媚的春的节日来临，
我给一只小鸟以自由。
我开始感到几分宽慰，
为什么我要埋怨上帝，
既然我能把自由赠给
哪怕只一个生灵作礼！

（1823年）

① 这是普希金流放南俄期间所写，当时他曾向沙皇上书，请求准他返回彼得堡，遭到拒绝。他便以复活节要将一只小鸟放生的俄罗斯民俗影射沙皇毫无仁慈之心。

波涛啊，是谁阻挡了你……

波涛啊，是谁阻挡了你？
是谁锁住你奔流的浩荡？
是谁把你那叛逆的激流
变作无言而昏睡的池塘？
是谁手中的魔杖一挥，
掸去我心中的希望和欢悲，
并使我这颗狂暴的心
在慵懒无力中昏昏欲睡？
汹涌吧，风啊，快掀起波涛，
快摧毁这带来死亡的堡垒，
你在哪儿，雷霆，自由[①]的象征？
快滚过这片不自由的腐水。

（1823年）

① 这首诗在诗人生前没有写完，这“自由”一词原缺，是后人根据诗的原意补上的。

夜

我的对于你温柔而怅惘的声音，
打破了沉沉黑夜中晚到的寂静。
一支哀伤的蜡烛点燃在我床头；
我的诗行交汇着，淙淙地奔流，
这爱的小河充溢着对你的思念，
夜色中我面前闪亮着你的双眼，
在对我微笑，我便听到你的低语：
“我的朋友，心上人……属于你，我爱你！”

（1823年）

恶　魔

当初，生活的一切印象，
我都感到那样的新奇：
少女的秋波，密林的喧响，
幽幽深夜夜莺的鸣啼；
当初，万种高尚的情感：
自由、荣誉，还有爱情，
以及充斥艺术的灵感，
那样使人热血沸腾；
那时一个凶恶的精灵，
悄悄开始前来光顾我，
用突然袭来的忧伤之情，
笼罩我希望和享受的时刻。
我们的相逢令人悲凄：
他的笑容，他美妙的眼神，
他那尖酸刻薄的话语，
把寒冷的毒鸩注入我心。

他拿用之不竭的诽谤
考验我预见未来的能力，
他把美称作空洞的幻想，
他对灵感心存鄙夷；
他不信爱情，不信自由；
他看待生活持讥笑态度，
自然界中竟没有一物，
曾得到他由衷的祝福。

（1823年）

生命的驿车

纵然有时身载着重负，
驿车仍一路轻快地飞驰；
白发的时间，剽悍的车夫
一刻不离座地赶着车子。

我们一大早坐进车里，
乐意它快得哪怕掉脑袋，
只因鄙夷懒惰和安逸，
我们喊道："赶车，快！……"

但一到中午，锐气全无，
车子颠簸了，我们更害怕
路过山坡，路过峡谷，
我们喊道："慢着点，傻瓜！"

车子照旧飞快地奔驰着，

傍晚时我们才对它适应，
我们瞌唾着来到歇夜地了——
可时间依然在策马前行。

（1823年）

我是拓荒的自由播种者……

一个播种的人出去播种

——马太福音

我是拓荒的自由播种者，
在破晓之前就早出劳作，
我把滋养万物的种子
用纯洁无邪的手撒播
在被沦为奴隶的田垄上——
但我不过是白费时光，
这些有益的工作和思想……

吃草去吧，温顺的人民！
人格的呼唤震不醒你们呐，
何必把自由赠给畜生？
它们代代相传的遗产，
是带铃铛的重轭和皮鞭。

（1823年）

书商和诗人的对话[①]

书　商

写诗对于您不过是娱乐，
您只消坐下一会儿工夫，
您的声名就会不胫而走，
把最大的喜讯传向各处：
据说一部长诗已脱稿啦，
是智力虚构的新的成果，
那么，决定吧；我等您话：
您自己给它开个价给我。
用缪斯和美女的宠儿的诗，
我们立刻能把卢布换到，
把您所写的一页页手稿
我们能变成一摞摞现钞……
您干吗还要唉声叹气呀，

① 此诗曾作为《叶甫盖尼·奥涅金》第一章的序诗发表。

这底细能不能让我知道?

诗　人

我往远处想:
忆起当年我那段岁月,
无忧无虑,充满希望,
我出于灵感提笔写作,
不是为求支付的补偿。
我又看见山岩上的蜗居
和那幽暗暗孤寂的栖身地,
我常常在那里呼唤缪斯,
请她来出席想象力的宴席。
那里,我的声音更甜润;
那里,那些鲜艳的幻影,
以难以言说的美更久地
在夜间灵感涌现的时辰
在我头上盘旋、翱翔!……
一切都激动着我柔情的心:
葱茏的草地、皎洁的月亮、
残颓教堂里暴风雨的喧鸣、
老太太口中神奇的传闻。

一个恶魔掌控了我的
闲暇，掌控了我的弹唱；
它跟着我到处飞翔，
向我絮叨出怪异的声音，
于是我的头颅就得了
一种沉重而灼热的病；
奇妙的幻想在脑中滋生；
我那乖乖顺从的话语
汇流成各种匀称的诗律，
并用铿锵的韵脚锁着。
和声上和我一比高下的，
是森林的喧嚣，或狂呼的风暴，
或金黄鹂动情的啭啼，
或夜间大海低沉的咆哮，
或潺潺小溪的悄声低语。
此刻，我安于默默劳作，
不愿和世人分享狂喜，
并没有凭借可耻的交易
把缪斯美好的赠品贬低；
我当了它的吝啬的看守人：
有如一位痴情的恋人，
为躲避虚伪小人的视线，

珍藏着年轻心上人的馈赠。

书　商

但是您的声名已经取代
沉缅于想象所得的欢畅：
您的作品已成抢手货，
同时有多少散文和诗章
在尘封之中堆积如山，
徒劳无益地等待读者
和他们那浅薄的褒奖。

诗　人

能守住心灵的高尚创造，
而不求获得感情的回报，
似不期从坟墓获得回音：
这样的人是幸福的人！
摆脱了声名荆棘的纠缠，
被尘世遗忘，默默当诗人，
无声无息地离开人间：
这样的人是幸福的人！

比希望的梦更具欺骗性的
声名是什么？读者的流言？
或者是愚蠢之辈的赞叹？

书　　商

拜伦勋爵曾持这种见解，
茹可夫斯基有同样观点；
但世人仍旧认定和抢购
他们的柔美悦耳的诗篇。
您的命运确实令人称羡：
诗人可挞罚，也可礼赞；
他用雷霆般的永恒利箭，
把遥远后世的恶徒射穿；
他能让英雄们得到安慰，
他让恶人和克琳娜[①]一道，
在西色拉[②]宝座上高高坐定。
夸赞对于您是厌恶的嚣闹；
但女人的心都慕求声名；
为她们写诗吧；她们爱听

---

① 古罗马诗人奥维德歌颂的美人。
② 西色拉（岛），希腊神话中爱与美的女神阿佛洛狄忒的所在地。

阿那克里翁口吐的谄媚：
玫瑰，当我们青春年少时，
更比赫利孔[①]的月桂珍贵。

诗　人

这些自我陶醉的向望，
发狂的青春时代的欢愉！
我仍寻求过美人的青睐，
纵然遇喧嚣生活的风雨。
那迷人的眼睛读我的诗，
面带充满爱意的笑容；
同时那具有魔力的芳唇
把我甜美的旋律低吟……
但是够了！即使幻想家
也不会为她们牺牲自由，
就让青年去歌唱美人吧，
她们是大自然独宠的灵秀。
我和她们不相干。如今在荒村，
我的生活正默默地驰骋：

① 赫利孔，希腊山名，神话中缪斯的圣地。“玫瑰”喻爱情，“月桂”喻桂冠或声名。

我那忠诚的竖琴的呻吟
触不动她们轻浮的心灵：
她们的想象并不纯真：
这想象无法理解我们。
对灵感这一神的征兆，
她们又觉陌生又可笑。
每当我情不自禁地想起
我那被她们唤起的诗篇，
我就要脸红，就会心痛，
为我的偶像们感到羞惭。
我这不幸者在追求什么？
对谁低下这高傲的头？
对谁喜怀纯洁的思想
去盲目崇拜而不愧羞？……

书　商

我爱您的义愤。这才是诗人！
是何原因使您如此伤心，
我不知道；但难道竟没有
成为例外的可爱夫人？
难道就没有一个女人，

配得上您的灵感和激情，
并以她风情万种的姿色
能赢得您对她的歌颂？
您不说话了？

诗　　人

沉重的梦

为什么要让诗人不安？
它枉然折磨他的记忆。
随它去！这与世人何干？
我成了另类！我的心
可留下了难忘的倩影？
我曾否尝过爱情的温馨？
被长相愚弄得筋疲力尽！
我曾否悄悄把苦泪强忍？
明眸像碧空朝我微笑的她，
如今到底在何处栖身？
我的一生只一两个夜晚吗？
……
说也无用！我的情语
那烦人的呻吟，在她们眼中，

都不过是些痴人说梦。
这些情语只有一颗心能懂，
而且还带着悲哀的颤栗：
命运就这样做出决定。
唉，一想起那颗枯萎的心，
就会再焕发我的青春，
往日诗中一个个美梦，
又会纷纷搅乱我的心！……
唯独她一人能够感悟
我的朦胧难懂的诗情；
唯独她一人点燃我的心，
用那纯洁的爱情的灯盏！
唉，徒劳无益的心愿！
她不接受我发自心间的
那些咒誓、祈求和思念：
她不需要尘世欢乐的心曲，
就像天庭的女神一般！……

书　商

总之，被爱情弄得疲惫，
对流言蜚语感到厌烦，

于是您便早早地把您的
灵感四溢的竖琴抛一边。
如今，远离喧嚣的上流社会。
告别缪斯和时尚的浊流，
您到底将选择什么？

诗　人

自由。

书　商

好极了。我来给您个建议；
这有用的道理请您接受：
本世纪像商贩；在这铁的世纪，
没有金钱就没有自由。
声名算什么？只是诗人
破衣褴衫上显眼的补丁。
我们需要的是钱、钱、钱：
积累金钱，直到闭眼！
我早预见您会反驳我；
但，先生，对您我清楚：

当您的创作烈火熊熊，
您的想象正沸腾、奔涌，
您十分珍视您的创作；
一日它冷却，到那时刻，
您就会对作品也感到厌恶。
请让我对您直言相告：
灵感不可拿来变卖，
但您可以卖掉手稿。
还迟疑什么？性急的读者
都常来我书店打听书讯；
光顾我店的有报刊的记者，
此外还有憔悴的诗人：
有的需求讽刺的食物，
有的为写文，有的为养心；
我得承认——我能预见，
大笔财源来自您的竖琴。

诗　　人

您完全正确。这就是我的
手稿。让我们就此约定。

（1824年）

致大海[①]

再见吧，自由不羁的伟力[②]！
你最后一次在我的眼前
将蓝色的波浪翻滚不息，
呈骄人的美在不停闪现。

知闻朋友凄切的怨声，
如闻临别时他的呼唤，
这是我最后一次倾听
你忧郁的喧响和叫喊。

我心灵所向往的地方！
多少次在你的岸边漫步，
曾那么沉静，那么迷惘

① 这是普希金因写作歌颂自由的诗篇而被流放南俄期间所写。
② 对大海性格的一种譬喻。

受朝思暮想的夙愿之苦！[①]

我多么喜爱你那回声，
那低沉的音调，深渊的鸣响。
那黄昏时分的片刻寂静，
那激情冲动的反复无常！

凭靠你古怪脾性的保护。
渔夫们驾起温顺的风帆，
从你的波谷间勇敢地滑过，
当难驾驭时你波滚浪翻，
成群的渔船就会沉没。

我曾想永远地离开你的
寂寞难耐的静止的海岸，
满怀欣喜之情祝福你，
顺你的巨澜任诗情奔驰，
但这一切都未能如愿！

你期待，你召唤……我却被捆缚，

① 沃隆佐夫的告密和普希金自己所写一封同情无神论的信被截，使他大难临头，当时曾想秘密逃往海外，随游船去土耳其君士坦丁堡，但未能如愿。

我的心灵徒然地挣扎：
我被强烈的激情迷住[1]，
我仍在你的岸边留下……

有什么可留恋？如今何处
才该是我无虑的大道？
在你的荒原中只有一物
才会让我的心灵倾倒。

那是峭岩，光荣的坟茔……
一些令人崇敬的回忆
在那里沉入了一个寒梦。
因为拿破仑熄灭在那里[2]。

他在那里的苦难中安息，
像风暴的喧响，对他跟着，
另一个天才也离我们而去，
我们思想的另一位王者[3]。

---

① 指诗人与奥敖德萨总督夫人沃隆佐娃的私情，是沃隆佐娃劝阻普希金渡海逃到海外去的打算的。

② 拿破仑于1821年死于圣赫勒拿岛。“峭岩”即指此岛。

③ 指因参加希腊革命而于1824年4月间死于希腊米索隆基的英国大诗人拜伦。

他去了，自由为它哭泣，
他把桂冠留在了世上。
喧腾吧，掀起险恶的天气：
啊，大海，他曾为你歌唱。

你的形象就在他身上，
他用你的精神塑造而成，
也像你，他深沉、阴郁、有力量，
也像你，不会被任何人制胜。

世界虚空了……你如今
会把我引向何处，海洋？
人们到处有相同的命运；
不是文明，就是暴君
守卫在凡有幸福的地方。

再见吧，大海，我不会忘记
你那庄严美丽的容光；
我将来还要久久地、久久地
倾听你在黄昏时分的轰响。

我，将会全身心充满你，

朝着森林和无语的荒原[1]
带走闪光、身影和絮语
和你的峭岩，你的港湾。

（1824年）

① 指普希金新的幽禁地普斯科夫省的米哈伊洛夫斯科耶村。

葡　萄

我不再叹惋逝去的玫瑰，
它已随易逝的春光枯萎；
我也喜爱藤蔓上的葡萄，
它在山下熟得串串低垂。
它是我肥沃谷地的美人，
它是金黄色秋天的欢欣，
看上去颗颗椭圆又晶莹。
像少女的纤指那样撩人。

（1824年）

友　谊

算什么友谊？醉后轻率的热情，
畅谈如何去将人欺负，
虚荣心，闲散的彼此交换
或对耻辱的相互袒护。

（1824年）

据说丽莎谈爱色变……

据说丽莎谈爱色变。
得了，这里会不会有诈？
你们可要当心——也许
这位新月亮女神狄安娜[1]，
心里藏着温柔的激情，
并且用羞羞答答的眼神，
在你们中间胆怯地寻求
一个能使她膜拜的人。

（1824年）

① 狄安娜为罗马神话中月亮和狩猎女神，贞洁但残忍。

焚毁的情书[①]

别了，情书！别了，这是她的授意。
我迟疑了多久啊！我的手久久不愿意
把我的满腔欢乐交给火去燃烧！……
但算了吧，时辰已到。情书，你快焚烧。
我已准备；我的心听不进任何的劝告。
吞噬你页页情书的将是贪婪的火苗……
过了一分钟！……着火！很旺，缕缕轻烟
袅袅而升，和我的祈祷一起飘散。
融化的火漆嘶嘶作响，钟情的指环
从此不留印痕……啊，天意！已实现！
那一页页焦黑的信纸已打卷皱起；
轻飘的死灰上留有珍贵的白色笔迹……
我的心感到发紧。亲爱的灰烬，
你是我忧郁的命运中一个苍白的慰藉，

① 这首诗是诗人为怀念他曾一度钟爱的沃隆佐娃而写的。

但愿你永远伴着我，留在苦涩的心底。

（1825年）

想望声名[1]

正当我陶醉于爱情的温存，
跪在你面前默不作声，
我望着你，心在想：你是我的，——
你知道，亲爱的，我是否想望声名；
你知道：我远离浮华的上流社会，
腻烦的是为诗人的虚名所累，
我倦于长久的暴风雨，决不再去
理睬那久远的责难和赞誉。
传闻的仲裁岂能扰我心房，
既然你递来脉脉含情的目光，
将纤手轻轻置放在我的头部，
你悄声问：你爱我吗？是否幸福？
你会爱别的女人像爱我一样？
朋友，你永远不会把我遗忘？
而我却保持一种窘迫的沉默，

① 这首诗是写给沃隆佐娃的。

心里充满幸福的感受，我想着：
不会有将来了……可怕的离别时刻[1]
永不会再来了……结果呢？眼泪、苦涩、
负心、诽谤，一切突然迎头扑来……
我怎么了，我在哪里？我站立惊呆，
我的眼前一片昏暗！而如今
我又被一种新的想望所折磨：
我想望声名，好时时刻刻
让你的耳为我的名感到震惊，
好让我能够环抱你的周身，
好让你周围的一切对我大声谈论，
好让你在寂静中一听这钟情的语声，
就会想起我那些最后的恳求，
在花园，在暗夜，在分手的时候。

（1825年）

① 指普希金由奥德萨流放到米哈伊洛夫斯科耶村。

致凯恩[1]

我记得那美妙的一瞬：
眼前出现了你的倩影，
宛若转眼即逝的幻景，
宛若纯美升华的精灵。

当我被绝望的忧伤缠住身，
纷扰的生活不让我得安宁，
耳畔常响起你温柔的声音，
梦中总浮现你亲切的倩影。

岁月流逝。激变的风暴
驱散了，往日向往的美梦，
我便淡忘你温柔的声音，

① 安娜·彼得罗夫娜·凯恩是普希金1819年在彼得堡奥列宁家认识的女友，当时她才十九岁，但已嫁给一个五十二岁的将军。六年后，普希金幽禁在米哈伊洛夫斯科耶村期间，在三山村奥西波娃家和她重逢，凯恩离开三山村时，普希金将此诗赠她。

淡忘你那天仙般的倩影。

身处幽禁，在静僻的乡间，
我一天一天苦挨着人生，
没有“女神”[①]，没有灵感，
没有眼泪、活力和爱情。

心灵逢上复苏的时分，
眼前又出现你的倩影，
宛若转眼即逝的幻景，
宛若纯美升华的精灵。

我的心跳得如醉似狂，
为着它一切重又复生：
有了“女神”，有了灵感，
有了活力、眼泪和爱情。

（1825年）

---

① 普希金以对美的向往为创作灵感的源泉，并有用“女神”隐喻所倾慕美女的习惯。从本诗的上下文看，他因受制于韵律的需要才用“божество”取代“богинЯ”等词，用来隐喻他“所倾慕的女性偶像”。

假如生活欺骗了你……[①]

假如生活欺骗了你，
不要生气，不要悲哀！
忧郁的日子要克制自己：
相信欢快的一天会到来。

心儿总是在憧憬着未来，
现今常令人闷闷不快：
一切很短暂，一切会过去，
那过去了的，便贴你心怀。

（1825年）

① 这首诗是普希金在奥西波娃十五岁的女儿叶夫普拉克西娅纪念册上的题诗。

一轮愁容满面的月亮……

一轮愁容满面的月亮，
在天上遇着欢快的霞光，
一个燃烧，一个冰凉，
霞光辉耀，像年轻的新娘，
相形下月亮暗淡如死人。
爱尔维娜，我遇你也是这样。

（1825年）

饮　酒　歌[1]

欢快的声音为何已沉寂?
唱起来吧，祝酒的歌曲!
万岁，温柔的纯情少女
和爱过我们的年轻娇妻!
把每个酒杯斟得更满些吧，
　把盟誓的戒指[2]
　朝叮当的杯底
投进芳香浓郁的酒中去吧!
举起酒盅来，一起干杯!
缪斯们万岁，理智万岁!
　你，神圣的太阳，燃烧吧!
　有如圣像面前的神灯
　在灿烂的朝霞前暗淡，
在不朽的智慧太阳面前

① 原文直译应是酒神之歌。
② 指普希金当时参加过的“绿灯社”的成员们所戴的刻有警言的戒指。

虚假的睿智也黯然腐烂。
万岁，太阳！速退，黑暗！

（1825年）

原野上那迟开的花朵……

原野上那迟开的花朵
比初绽的鲜花更可爱，
更易勾起我们心中那
令人忧郁的遐想联翩来
恰似有时离别的时刻
更比甜蜜的约会难忘怀。

（1825年）

为了怀念你，我献出了一切……[1]

为了怀念你，我献出了一切：
充满灵感的竖琴的音响。
伤心激动的少女的眼泪，
我这颗嫉妒之心的抖颤，
名声的辉耀，流放的黑暗，
美丽的晶莹明彻的思想。
复仇的念头，和痛苦不堪、
翻腾在心头的激越的幻想。

（1825年）

① 这首诗是献给伊·克·沃隆佐娃的。

冬天的夜晚[①]

风暴卷起飞旋的雪涛，
雾幕般遮蔽茫茫天际；
忽而像头野兽在哀嚎，
忽而又像婴孩在哭泣，
忽而它在残旧的屋顶，
把草秸吹得沙沙直响，
忽而像个晚到的旅人
用手叩敲我们的门窗。

我们这间破旧的茅舍
又是凄凉，又是黑暗，
我的老妈妈，你为什么
坐在窗前默默无言？
可是风暴悲惨的呼啸

① 普希金幽禁在米哈伊洛夫斯科耶村（普斯科夫省）两年期间，只有他的老奶娘阿琳娜·罗季奥诺夫娜（1758—1826）一人陪伴他，这首诗主要是为怀念老奶娘而写的。

使你，我的朋友，困倦，
还是你纺锤喧声的单调，
使你不由得昏昏欲眠？

让我们同干一杯酒吧，
我不幸的青春年代的良友，
借酒浇愁吧，拿酒杯来呀！
欢乐将更加灌满心头。
给我唱支山雀的歌吧：
在海那边的生活可舒心和美；
给我唱支少女的歌吧：
在清晨她怎样拎着桶去打水。

风暴卷起飞旋的雪涛，
雾幕般遮蔽茫茫天际；
忽而像头野兽在哀嚎，
忽而又像婴孩在哭泣。
让我们来同干一杯酒吧，
我不幸的青春年代的良友。
借酒浇愁吧，拿酒杯来呀！
欢乐将更加灌满心头。

（1825年）

暴 风 雨

你可看见峭岩上那少女：
身穿白衣衫，俯临着波涛，
任凭大海跟沙岸去嬉戏，
在风雨的凄迷中肆虐咆哮。
任凭闪电用红色的光辉，
时时把她的倩影照亮。
而风在挣扎，朝她劲吹，
扬起她身上轻柔的衣裳？
多美呀，风雨凄迷中的海域
和一片昏黑但闪烁的天际。
但请相信我：峭岩上的少女
比波涛、天际和暴风雨更美丽。

（1825年）

小说家和诗人

小说家，你在忙什么？
给我一个主题思想：
我把它的一端削尖，
用舞动的韵律把箭翎安上，
把它放上绷紧的弓弦，
再把听话的弓弯成弧状，
然后碰运气地把它射出去，
定叫我们的敌人遭殃！

（1825年）

夜莺和杜鹃[①]

在那悠闲暗夜的树林里，
各种春的歌手真不少：
或咕噜，或吱吱，或轰然鸣啼；
可是那只糊涂的杜鹃鸟
又爱面子，又爱饶舌，
一个劲儿地咕咕不休，
它的回声也一样货色。
咕咕得让你多么烦忧！
真想躲远点。上帝啊，让我们
躲开这一派咕咕的哀歌！

（1825年）

① 普希金写这首诗，为的是嘲讽当时诗坛上崇尚哀歌的风气。

玫瑰花一经凋谢……

玫瑰花一经凋谢，
带走曾经的芳香，
它那轻盈的心魂，
离故土飞向天堂。

昏昏欲睡的波浪
给人们带来遗忘，
在忘川两岸馥郁着
玫瑰花影的芬芳。

（1825年）

致友人们

我的仇敌啊。我暂不说话……
仿佛我已熄灭了勃发的怒火；
但我不让你们从我眼中消失，
迟早会捉拿你们中的任何一个：
只消我突然无情地扑上去，
他不可能从锐利的指爪逃脱，
有如一只饿鹰从云端盘旋，
盯视着地面上那火鸡和鹅。

（1825年）

先　　知

我忍受精神饥渴的煎熬，
在阴暗的荒原上缓缓行走，
迎面来了位六翼天使，
和我相遇在十字路口。
他用轻盈如梦的手指，
触摸了一下我的眼睛，
洞察一切的眼睛睁开了，
恰似一只受惊的苍鹰。
他触摸了一下我的耳朵，
给它们灌满了喧嚣和轰鸣：
我便听见了天宇的颤抖，
还听见天使们在高空飞行，
海洋的毒虫在水底潜行。
山谷的藤蔓把芽眼吐露。
他俯下身子贴近我的嘴，
拔掉了我这罪恶的舌头。

它空话连篇，狡猾不堪；
他再用沾满鲜血的右手，
往我早已喑哑的嘴里
装进智慧之蛇的舌头。
他又用剑剖开我胸膛。
挖走我这颗颤抖的心，
并把一块燃烧的赤炭，
塞进我被剖开的前胸。
我像死尸般躺在荒原，
但听得上帝对我呼唤：
“起来吧，先知，且听，且看，
让我的旨意把你充满，
走遍所有的海洋和陆地吧，
用我的话儿把心灵点燃。”

（1826年）

给　奶　娘[1]

我那严峻岁月里的女伴，
我的年老体衰的亲人！
你独自在密林深处期盼。
久久地等着我的来临。
你在自己正房的窗前，
仿佛在站岗，你暗自悲伤，
编针时不时缓缓停落在
你那双布满皱纹的手上。
你凝望被人遗忘的大门，
凝望幽暗而遥远的路途：
你的忧虑、预感和操心，
时刻都在涌上你的心头。
你忽而觉得……

（1826年）

① 即阿琳娜·罗季奥诺夫娜（1758—1828），她与普希金的童年和1824年至1826年米哈伊洛夫斯科耶村幽禁时期都有不解之缘，对诗人影响很深。

冬天的道路[1]

透过似波如浪的云雾，
月亮露出了它的脸庞。
它那凄清的银辉如注，
倾在凄清的林间空地上。

沿着冬日寂寥的大道，
那轻捷的三驾马车在飞奔，
听起来令人感到单调，
一路上发出叮当响的铃声。

从车夫哼唱的悠长歌声里，
听得出一种亲切的乡音：
一会儿像是纵情的欢娱，
一会儿像是内心的忧闷……

① 这是普希金1826年12月下旬从普斯科夫去莫斯科途中所写。

不见灯火和简陋的农舍，
到处是冰雪和一片荒凉……
迎我们一个个扑面而来的，
只是带花纹标里程的木桩……

寂寞，忧愁……尼娜，明天，
当我一回到心上人身旁，
我将忘情地坐在壁炉前。
百看不厌地朝你凝望。

滴答滴答地在响的时针，
会绕完自己匀和的一周，
午夜将撵走讨厌的人们，
可是却无法使我们分手。

忧愁啊……尼娜，我的路太寂寥，
车夫瞌睡着，一声也不响，
一路的车铃声听着真单调，
只见那云雾笼罩下的月光。

（1826年）

黄金和宝剑[1]

“一切都是我的”，黄金说。
“一切都是我的”，宝剑说。
“一切我都能买”，黄金说。
“一切我都能拿”，宝剑说。

（1826年）

① 这是普希金对一佚名法语讽刺诗的俄译。

答费·图……

不，她[1]不是切尔克斯姑娘，
但自古未有过这般少女
从阴郁的卡兹别克高地
来到格鲁吉亚谷地栖息。

不，她眼里不是玛瑙在闪光，
就算用全部的东方宝藏
也抵不上她那南国的眼睛
放射出的甜滋滋的光芒。

（1826年）

① 指女诗人索菲娅·费奥多罗夫娜·普希金娜。

在西伯利亚矿山的深处……[①]

在西伯利亚矿山的深处，
望你们保持高傲的坚忍，
你们那令人悲痛的劳苦
和崇高志向会留下印痕。

灾难的忠贞姊妹——希望，
即使置身在阴暗的地底，
会唤起你们的欢乐和勇气，
那渴望的时刻定会临降。

爱情和友谊定将会穿越
阴暗的车门去拥抱你们，
正如我这自由的声音

① 1825年12月14日在彼得堡暴发的十二月党人起义遭到失败，当时普希金正被幽禁在米哈伊洛夫斯科耶村，1825年底至1826年初他写了这首诗，于1827年1月初他托十二月党人穆拉维约夫的妻子带到西伯利亚去慰问在那里流放的十二月党人朋友。

会飞进你们苦役的洞穴。

沉重的枷锁定会打开，
牢狱要崩塌——在它门口，
欢迎你们的将会是自由，
弟兄们给你们把刀剑送来。

（1827年）

夜莺和玫瑰

在那昏暗之夜静悄悄的花园里，
一只东方的夜莺朝玫瑰歌唱。
可爱的玫瑰却木然地不睬不理！
正听着恋歌摇晃着进入梦乡。
你不也这样歌唱冷艳的美人？
醒醒吧，诗人！有什么可使你向往？
她不在谛听，并不善解诗人；
看她多鲜艳，但唤她却没有回响。

（1827年）

在人间多愁而无际的草原上……

在人间多愁而无际的草原上，
神秘地涌流出三泓清泉：
那湍急而汹涌的青春之泉，
它沸腾奔流，光闪闪，声潺潺。
那卡斯塔里泉[1]以灵感之浪，
为人间草原的流放者解渴。
最后是清凉的忘怀之泉，
最甜蜜地消解心头的暑热。

（1827年）

① 希腊神话中帕尔那索斯山上的一眼泉名，给诗人和音乐家以灵感。

阿　里　翁[1]

我们许多人同驾独木舟，
有的人用力张紧了风帆，
有的人齐心往水的深处
插入强有力的木桨划船。
聪明的舵手在寂静中掌舵。
默默地驾着这重载的小船，
我满怀坦然自若的信心
为水手们歌唱……突然间，
喧响的旋风袭上浪来，
吹皱了海上的碧波万顷。
于是舵手和水手都死了！……
只剩我这个神秘的诗人，
被一场暴风雨抛上了海岸，
我仍然把往昔的颂歌吟唱，

① 阿里翁是古希腊诗人、音乐家，据传在海上遇难，海豚听了他的歌声，深受感动，把他搭救了。诗人在这里借古讽今，表达了他和十二月党人的关系。

在一块高悬的岩石下面，
借阳光晾晒着浸湿的衣裳。

（1827年）

天　使

在天堂门口，温柔的天使
那低垂的头闪着金光，
而那阴沉叛逆的恶魔
在地狱深渊之上飞翔。

否定的精灵，怀疑的精灵
一直凝视着这圣洁的神，
于是他初次隐隐体尝到
不由自主的心动的温馨。

“对不起”，他说，“我看见了你，
但你照耀我没白费力气；
在天上我并未憎恨一切，
在人间我并未蔑视一切。”[①]

（1827年）

① 本诗与普希金的另一首诗《恶魔》在此处可看出联系。

春天，春天，爱的时节……

春天，春天，爱的时节，
我怎堪承受你的呈现？
在我的血里，在我的心中，
激起令人陶醉的熬煎……
心儿多么排斥享受……
一切欢欣和闪光的东西
都只平添厌倦和烦忧。
快给我来一场暴风雪，
和那漫长的冬的黑夜。

（1827年）

献给道先生[①]

为什么你那神奇的铅笔
要素描我这黑人的侧影？
即便你能让它流传百世。
连魔鬼也对它发出嘘声。

请一画奥列尼娜[②]的面容。
一旦遇灵感涌动的时分，
天才就应当全身心地
专门倾慕于美和青春。

（1828年）

① 此诗的诗题是用英语所写，是献给英国画家乔治·道（1781—1829）的。道先生的生平不详，只知他曾在俄国侨居多年，并曾为普希金画过素描。

② 安娜·阿列克谢耶夫娜·奥列尼娜（1808—1888），普希金的女友。普希金爱过她，但因普希金政治上存在问题而未能遂愿。

你　和　您

她[①]说走了嘴，把泛泛的“您”，
用一个亲切的“你”字代替，
于是在这颗钟情的心中
把联翩的幸福遐想勾起。
站在她面前我沉思起来，
把视线移开她我无能为力；
我对她说：“您多么可爱！”
心里在想：“我多么爱你！”

（1828年）

① 指安·阿·奥列尼娜。

枉然的天赋，偶然的天赋……

一八二八年五月二十六日[①]

枉然的天赋，偶然的天赋，
生命啊，为什么把你交给我？
为什么你受厄运的判处。
又把你往死刑台上发落？

是谁使用了敌对的权力，
从虚无中把我唤到人间，
用激情把我的心灵充溢，
用疑惑使我的心智不安？……

在我面前茫无目的：
心灵空虚，头脑空闲，
生活的喧嚣充塞我耳际，
用忧伤折磨我的心田。

（1828年）

① 这是普希金的生日，手稿中有“为生日而作”的字样。

寒风还在飕飕地刮着……①

寒风还在飕飕地刮着，
给大地送来料峭的春寒，
初生的小花刚刚出现在
春雪融化后露土的地段，
像从奇异的蜡质的王国。
从芬芳的蜜制的修道小室②，
飞出来今年第一只蜜蜂，
朝早开的小花丛中飞驰，
打听美丽的春天的消息：
这尊贵的客人是否快临降，
草地是否又快要吐绿，
在满头鬈发的白桦树上，
黏性的嫩叶是否快绽放，
是否快闻到稠李的芬芳。

（1828年）

① 这是诗人生前从未发表的诗稿，原诗无韵。
② 指蜂巢。

美人啊，别在我身边唱起……[①]

美人[②]啊，别在我身边唱起
那忧伤的格鲁吉亚的歌，
这歌声总会使我想起
遥远的海岸和别样的生活。

唉！你那心狠的歌调
总会使我想起那草原，
那黑夜和那沐浴着月照、
遥远、可怜的少女的容颜。

看见了你，我就会忘记
那个可爱的命定的幻影；
但你一唱起歌来，那影子
又在我想象中栩栩如生。

① 这首诗是普希金献给奥列尼娜的，有一天，格林卡在奥列宁家的钢琴上弹了一段格鲁吉亚曲调，在座有人建议最好请谁为它作词。普希金当即答应了。

② 指奥列尼娜。

美人啊，别在我身边唱起
那忧伤的格鲁吉亚的歌，
这歌声总会使我想起
遥远的海岸和别样的生活。

（1828年）

预　感[1]

团团乌云在我的头顶
重又悄悄地层层密布，
嫉妒的命运又用不幸
使我预先感觉到可怖……
我能否对命运保持轻蔑？
我能否用我高傲的青春
所富有的倔强和坚忍不拔
去迎击命运，与它抗衡？

我已倦于狂暴的生活，
漠然等待着风暴的来到。
也许我这次还会得救，
还会把避难的港湾找到……
然而我预感我们的别离，

① 普希金在自己所写《安德列·谢尼埃》一诗以手抄本形式流传而招致沙皇的传讯后，预感到将再次遭受迫害，他把这种心境写在这首给安娜·奥列尼娜的诗中。

这无法避免的可怕的时刻，
我的天使，我要急忙地
最后一次将你的手紧握。

我的温和而安详的天使，
请悄悄对我说一声“再见”。
伤心吧，你尽管对我抬起
或垂下你那多情的双眼。

我将永远地把你回忆，
我将在心里用你来取代
青年时代所赋予我的
力量、骄傲、勇气和期待。

（1828年）

乌鸦朝着乌鸦飞去……

乌鸦朝着乌鸦飞去，
乌鸦对着乌鸦聒噪，
乌鸦！我们在哪儿午餐？
消息怎么让我们知道？

乌鸦对着乌鸦回答：
我知道哪儿有午餐可吃；
在荒原上那爆竹柳丛下，
躺着一只被杀死的勇士。

谁被杀了？为什么被杀？
只有苍鹰一清二楚
还有那匹黑色的骏马，
还有年轻的家庭主妇。

苍鹰已经飞进丛林，

仇人跨上骏马飞奔，
主妇在等活的情郎，
而不是被杀死的主人。

（1828年）

诗人和俗众

"滚开，俗人们！"[①]

诗人用漫不经心的手指
拨弄着灵感四溢的竖琴。
他唱着——周围那些冷淡、
傲慢而又冷漠的人们
懵懵懂懂地听着他的歌吟。

于是愚钝的小民纷纷议论：
"他干吗唱得这么嘹亮？
白费力气地震人耳鼓，
他想把我们带向何方？
他乱弹什么？教我们什么？
干吗要让人心痛苦激动，
学那别出心裁的魔法师？
他的歌吟奔放得像阵风，

① 原文为拉丁文，取自维吉尔的《埃涅阿斯纪》。

可也像风一样不留痕迹，
它能把什么好处给我们？

诗　人

闭嘴吧，不明事理的人们，
温饱的奴隶，卖苦力的人！
我讨厌你们粗鲁的怨言，
你们是地虫，不是天庭子民：
对你们，好处就是一切——
对观景殿神像[①]用斤去称，
而对它的价值却视而不见。
这块大理石可是个神……
结果，对陶罐你更觉珍贵：
可以用它来烹调食品。

俗　众

不，如果你是上天的宠儿，
诸神的使者啊，你就该为我们

① 指阿波罗石像。

谋福利，使用自己的禀赋：
修理一下弟兄们的心。
我们怯懦，我们狡猾，
我们无耻、凶狠、忘恩；
我们是寡情薄义之辈，
是些诽谤者、奴才、蠢人。
罪恶在我们心中聚团如巢。
你既然关爱你的亲人，
也就能给我大胆的教训，
我们定听从你的宏论。

诗　　人

走开吧，平和的诗人
和你们这些人有什么相干！

大胆放肆地冷酷无情吧，
竖琴声无法使你们还原！
你们像棺材那样令人讨厌。
为了你们的愚蠢和凶狠，
你们一向拥有皮鞭、
牢房、斧头，直到如今：——

够了，你们这样疯狂的奴才！
在你们城市喧闹的街头，
正清扫着垃圾——有益的劳作！——
但你们的祭司是否能够
忘掉祈祷、祭坛和祭礼，
而拿起扫帚来把垃圾清理？
不是为了生活中的焦虑，
不是为争斗，不是为贪心，
我们生来是为了灵感，
为了祈祷和甜美的琴音。

（1828年）

一朵小花

我发现那忘在书中的小花，
它早已凋败，失去芳香，
我的心顿时感到惊讶。
充满了稀奇古怪的遐想。

它开在何处？在什么时候？
开得久吗？由谁采摘？
出自陌生人或熟人之手？
又是为何被夹进书来？

给一次柔情的幽会留念，
或是为纪念命定的别离？
或是为铭记在林荫中间
或荒僻野地漫步的孤寂？

他还活着吗？她是否健在？

如今何处是他们的家？
或许他们早已衰败，
像这朵无人知晓的小花。

（1828年）

她的眼睛

她很可爱——我只对你说——
她是宫廷骑士们遭际的雷，
她那双车尔凯斯人前的眼睛
可以同南国的星星相媲美，
尤其可以同诗歌比高低，
她用那眼睛大胆地传情，
她们燃烧得比火焰更亮丽
然而，我自己应该承认，
奥列尼娜的眼才真叫美！
里面有多少幽深的精灵，
里面有多少童稚的天真，

又有多少慵懒的神情，
又有多少欢悦的憧憬！
她以列利[①]的微笑把它们低垂——

① 斯拉夫多神教中婚姻和爱情的保护神。

它们含着优雅自若的惬意，
有如那位拉菲尔天使，
一抬眼，就仰视上帝。

（1828年）

给伊·尼·乌沙科娃[①]

您是造化的一个宠儿，
它让您一人得天独厚；
我们无尽无休地夸赞，
反使您觉得厌烦难受。
您自己早已十分清楚：
理所当然要令人倾倒；
您有阿尔米达[②]的秋波，
您有西尔菲达[③]的柳腰，
您那两片鲜红的芳唇，
像和谐的玫瑰般妖娆。
我们的诗，我们的散文，
对您只是纷扰和徒劳。

---

① 伊丽莎白·尼古拉耶夫娜·乌沙科娃（1810—1872），普希金的女友，是他另一女友叶卡捷琳娜·尼古拉耶夫娜·乌沙科娃的妹妹，在她的纪念册里保存了不少普希金画的素描。

② 意大利诗人塔索的长诗《解放了的耶路撒冷》的女主人公，是个有魔力的美女。

③ 西欧某些民族神话中的女气精或气仙女，常用来比喻婀娜多姿的美女。

可是那对美人的回忆
一经勾起了我的心魂，
我就要把一挥而就的诗。
往您的纪念册里留存。
也许您将会不禁想起。
有个人曾经将您歌唱，
当普列斯尼亚广场[①]四周。
还没有围起一道板墙。

（1829年）

① 位于旧莫斯科市区（西部），在有乌沙科娃住宅的中普列斯尼亚近旁。

当驱车驶近伊若雷站……

当驱车驶近伊若雷站，
我抬眼望了一下高天，
立刻回想起您的秋波，
您那蓝光莹莹的双眼。
虽然我如今满怀惆怅，
为您贞洁的美色销魂，
虽然我在特维尔省里，
一向有万皮尔的雅名，
但我还没有一点胆量
在您的石榴裙下屈尊，
我不愿用钟情的哀求，
去扰乱您的那颗芳心。
也许我带着嫌恶之情，
陶醉于上流社会的浮华，
因此我将暂时地忘却
您那容貌的闭月羞花，

那轻盈的腰身，叙展的动作，
您那小心翼翼的谈话，
还有您那谦恭的沉静、
狡狯的微笑和机灵的眼神。
如果不……我将在一年之后，
再一次踏着旧的脚印，
寻访您那可爱的地方，
不到十一月就对您钟情。

（1829年）

征　兆[1]

我去看您，仿佛有一连串
活灵活现的梦在把我缠搅。
月亮从我头顶的右上方，
伴着我勤快的脚步飞跑。

我离开您，于是另一些梦……
忧伤充满了钟情的心，
月亮从我头顶的左上方，
伴我的脚步踽踽而行。

我们诗人也和这一样，
永远孤独地沉湎于幻想；
一些迷信的征兆也如此
与心中的感情一齐消长。

（1829年）

① 这首诗是诗人献给女友凯恩的。

为婴儿[1]题的墓志铭

在永恒的造物主宝座旁，
愉快、安宁，周身在辉耀，
他含笑地望着尘世间的放逐，
为他的母亲祝福，为父亲祈祷。

（1829年）

① 指普希金的朋友马·尼·沃尔康斯卡娅两岁的儿子。她是被判处终生服军事苦役的十二月党人谢·戈·沃尔康斯基的妻子，被禁止携带婴儿去西伯利亚。此诗镌刻在彼得堡亚历山大—涅瓦大寺院中婴儿的墓碑上。

夜幕笼罩着格鲁吉亚山冈……

夜幕笼罩着格鲁吉亚山冈，
阿拉瓜河在我面前喧响。
我忧伤而又舒畅，哀思明净；
你的倩影充满我的愁肠，
你，只有你一人……无论是什么
都无法惊扰我的忧伤，
心儿又再次燃烧，又要去爱，
因为，它不能不把你爱上。

（1829年）

给一位卡尔梅克女郎

别了，可爱的卡尔梅克[1]女郎！
一种值得称道的习惯[2]，
险些跟我的心计作对。
把我吸引到这片草原，
跟着你的大篷车游荡。
你的眼睛当然不够大，
鼻子扁平，额头太宽。
不会悄声絮谈法国话，
你没有用丝绸裹住大腿，
也不会按照英国的习尚，
坐在茶炊前把面包撕碎。
商玛尔[3]激不起你的赞赏，

① 蒙古游牧民族，普希金在《埃尔祖鲁姆旅行记》中谈到遇到过他们的车队。

② 指诗人此前居留吉辛辽夫时，曾在茨冈的帐幕中度过一段时间。

③《商玛尔》（1826），法国浪漫主义诗人维尼（1797—1863）的一部颠倒历史的历史小说，普希金对它持否定态度，但小说当时在俄国颇受上流社会的赞赏。

对莎士比亚也兴趣索然，
不会沉浸于无稽的幻想，
当你脑子里空无一念时，
不会低吟“Ma dov’e”①；
你不会在俱乐部跳加洛普②——
又有何妨？整整半小时，
在仆人驾好我的马之前，
你的秋波，放浪的姿色，
使我理智和感情万般迷恋。
朋友们！把闲得发慌的心
寄托在哪里岂不都一样：
在辉煌的客厅，时髦的包厢，
或是在游牧民族的大篷车上？

（1829年）

① 意大利歌剧《狄朵之遗弃》中的小歌曲：“但你在哪厢（什么地方）。”
② 一种舞会上的舞蹈，1825年最先出现于法国。

奥列格的盾[1]

尚武好战的大公啊，
当斯拉夫人的大军
随你向君士坦丁堡挺进，
让胜利的旗帜飘扬长空；
你把自己的金钢盾取下，
钉在沙列格勒[2]的城门口，
以便一显罗斯的军威。
叫顽固的希腊人又怕又羞。

同仇敌忾的血战来临，
我们又踏上你的征程。
而今当我们再一次光荣地

① 1829年俄土战争期间，俄国军队长驱直入，直逼当时土耳其的首都君士坦丁堡，土耳其罢战求和。普希金在这时写下这首诗，遥想907年基辅大公奥列格率军攻克君士坦丁堡后将盾牌挂在城门上的豪迈情景。

② 俄国人对君士坦丁堡的旧称。

向伊斯坦布尔[1]威武地进军，
厮杀声震撼了你的山冈，
你嫉妒的呻吟使我们不安。
你那古老的盾牌喝令我军
在伊斯坦布尔城前停止追赶。

（1829年）

① 1453年土耳其人占领君士坦丁堡后改称伊斯坦布尔。君士坦丁堡原为拜占庭，罗马帝国皇帝君士坦丁大帝迁都于此后才改名为君士坦丁堡，曾经是东罗马帝国（拜占庭帝国）的都城。

我也当过顿河哥萨克……[①]

我也当过顿河哥萨克，
也曾把奥斯曼[②]匪帮追赶，
我带回来了一根马鞭，
当作战斗和帐篷的留念。

在远征中，在战场上，
我把三弦琴保存在身边——
和它形影不离，在墙上
我也挂上了我的马鞭。

对朋友我用不着隐瞒——
我对妻子十分爱恋，
我常常会思念起她来，
因此保存好我的马鞭。

（1829年）

① 这首诗是普希金依据自己旅途笔记中所载与顿河哥萨克的一次谈话写成。
② 土耳其人的旧称。

顿　　河[1]

在辽阔的原野上闪耀，
它奔流着——顿河，你好！
我从你远方的子孙那里，
给你带来了他们的致意。

百川都知道静静的顿河，
把你视为光荣的长兄；
我从阿拉克斯和幼发拉底那里，
给你带来了他们的崇敬。

顿河的骏马穷追敌寇，
停下脚来稍稍地歇息，
如今饮着阿尔巴察的清流，
闻到了自己乡土的气息。

① 1829年，普希金从俄土战争的前线外高加索回俄国不久写成此诗。诗中谈到的几条河是他归途中所见。

我朝夕思慕的顿河啊，
快给你骁勇的哥萨克骑手
备好由你的葡萄园产的
泡沫喷涌的闪光的美酒。

（1829年）

冬天我们在乡下该做什么？……[1]

（十一月二日）

冬天。我们在乡下该做什么？
我询问给我端来早茶的仆人：
天气暖和吗？暴风雪是否已停？
地上可有积雪？能不能起身，
骑马转一转，或者还是翻一翻
向邻居借的旧杂志直到吃午饭？
新雪遍地。我们起了床，上坐骑，
在田野信马闲行，沐浴着晨曦；
鞭子握在手，身后追赶着猎狗；
我们朝苍白的雪地定睛细看，
转转、跑跑。天色已经不早。
纵狗追不着双兔，便往家转。
多快活啊！黄昏了，风雷咆哮；
烛光幽微，愁绪紧压心头。

① 这首诗和下面的《冬天的早晨》，皆写于普希金赴彼得堡途中于帕·伊·沃尔夫的特维尔庄园做客期间。

点点滴滴，啜饮寂寞的苦酒。
想念书，两眼枉然扫过字母。
神思悠远……我便合上了书，
我拿起笔，坐下来；我想强迫
睡意蒙眬的诗神胡诌上几句，
但声韵不合辙……我已失去
对待韵这奇怪的女侍的一切权利：
诗句苍白、拖沓，冰冷而朦胧。
我心灰意懒，不想再跟竖琴争论，
我走进客厅，听到人们谈着
当前的选举和制糖工厂的事情；
女主人和天气一样紧锁眉尖，
灵巧地拨动着编织用的钢针，
或用纸牌红心的王给人算命。
苦闷啊！这样寂寞地苦度光阴！
但如黄昏时我们在屋角下跳棋，
忽然从远方驾着车朝荒凉的村寨
来了一家人：老太太和两个少女
（姐妹俩都是浅黄鬈发和苗条身材）
这偏僻的角落顿时会热闹起来！
我的上帝，生活变得多丰满！
开头是些凝神而斜视的目光。

继而说几句；接着就是交谈，
然后是会心的微笑，晚会的歌声，
飞旋的华尔兹，桌旁的细语绵绵。
慵倦的目光，还有轻佻的语言，
窄窄的楼梯上的幽会迟迟不肯散；
于是少女趁昏暗走出了门阶；
袒露粉颈和酥胸，任风雪扑面！
但北方的风暴无伤俄国的玫瑰，
严寒天的一吻该是炽热的火焰！
飘雪时的俄国少女有多么娇艳！

（1829年）

冬天的早晨

严寒和阳光；多么的晴朗！
我俏丽的朋友，你还在梦乡；
美人儿，该起身了，醒醒吧！
放开你被愉悦遮蔽的目光，
你变成北国的一颗晨星吧，
出现在曙光女神的身旁。

曾记否，昨夜风骤雪乱，
在昏暗的天空到处逞狂；
月亮宛如苍白的斑点，
从云端透射黄色的冷光，
你也满怀忧伤地坐着，
可现在……快向窗外探望：

在那蓝莹莹的天穹之下。
白雪上闪着艳红的阳光，

犹如一条条华美的地毯；
只有透明的树林黝黑如常，
枞树透过白霜泛出的翠绿，
河水在冰层下闪闪流淌。

满屋都辉映着琥珀的光彩。
在一只生火的炉子近旁，
响起了噼噼啪啪的欢歌。
多么惬意啊，在暖炕上遐想。
不过你可知道，还不该吩咐
驾栗色牝马拉雪橇把路上？

滑过清晨的茫茫雪原，
好朋友，让我们纵马前往，
驱赶着不慌不忙的马，
去把空闲的田野走访，
拜访不久前还茂密的森林，
和河滨这块亲切的地方。

（1829年）

我爱过您；也许，我心中……

我爱过您；也许，我心中，
爱情还没有完全消退；
但愿它不再扰乱您吧，
我丝毫不想使您伤悲。
我曾爱过您，默默而无望，
受尽羞怯、忌妒的折磨；
我爱您是那样真诚、温柔，
愿别人爱您也能够像我。

（1829年）

皇村的回忆[1]

美丽的花园啊，薄暮冥冥。
被联翩的怀想搅得不宁，
我怀着令人心醉的惆怅的心情，
低头走进你神圣的园庭。
圣经上那个挥霍无度的少年[2]，
把悔恨的苦酒喝得一点也不剩。
最后见到他的祖居之所的时候，
也这样垂下头泣不成声。

为了那毫不足取的幻想，
任凭转瞬即逝的热情正旺，

① 这首诗写于1829年12月14日，即十二月党人起义四周年之际。诗未修改完，有一些词是后人根据推测定下来的。与1814年的同名的诗一样，本诗中既有诗人对皇村的回忆，更有皇村所勾起的历史的回顾。

② 指圣经上关于浪子的劝诫故事。

啊，在那一无所获的浮华的涡流中，
我耗去多少心灵的宝藏。
我久久地流浪，而且常常困顿风尘，
满怀悔恨之情，预感到灾祸临降，
我总要想起你，想起这幸福的地方。
总要把这些花园怀想。

我想象从前那幸福的日子，
皇村学校再现在你们眼前，
我又听到我们游戏的喧声笑语，
重新看见亲如一家的友伴。
我此刻顿觉诗兴勃发，怡然忘情，
又像位娇少年，忽而热烈，忽而倦怠，
心中怀着一些模模糊糊的幻想，
在草地和默默的树林徘徊。

我分明十分清晰地看见
过往岁月的骄傲的痕迹。
看见伟大的夫人[①]喜爱的花园，
那里洋溢着她的气息，

① 指叶卡捷琳娜二世（1729—1796），原为彼得三世的皇后，后通过宫廷政变废彼得三世自立为女皇。

那里满目都是殿堂、大门、立柱，
到处都是塔楼、一尊尊崇拜的偶像，
还有叶卡捷琳娜的英杰们[①]的
大理石的荣耀、黄铜的褒奖。

这些英雄的一个个幽灵，
都在给他们的立柱旁坐定。
瞧，这都是驱散敌军的英雄，
加古尔河两岸逞威的彼隆[②]。
这就是北国旗舰的强大首领[③]，
他目睹烈火般的海飞舞、翻腾；
这就是他忠实的胞兄[④]，阿尔希贝拉克[⑤]的英雄，
这就是汉尼拔[⑥]，纳瓦林要塞的功臣。

我从童年时起就在这里，

① 指叶卡捷琳娜时代的统帅们。

② 指彼·亚·鲁勉采夫–扎杜纳伊斯基（1768—1774），胜利地进行了“第一次土耳其战争”。

③ 指阿·戈·奥尔洛夫–契斯缅斯基（1768—1808），在他的指挥下，俄国舰队曾烧毁一个土耳其分舰队。他是叶卡捷琳娜宫廷政变中的得力干将。

④ 指费·戈·奥尔洛夫（1734—1783），切斯马海战参加者，曾支持叶卡捷琳娜实行政变。

⑤ 意大利的一个群岛。

⑥ 普希金母系的远祖伊万·阿勃拉莫维奇·汉尼拔（1736—1801），即“彼得大帝的黑奴”阿·彼·汉尼拔的长子，在1770年攻克了土耳其的纳瓦林要塞。

在多次圣洁的怀想中长成，
这时候人民战争的滔滔洪流[①]
汹涌澎湃，一片愤恨声。
一种对血战的关切笼罩着祖国，
俄罗斯前进了，从我们身边驰过
乌云般的骑兵、大胡子的步兵。
还有那闪亮的铜炮一座座。

我们嫉妒地望着年轻的士兵。
贪婪地倾听战场遥远的声音。
于是我们愤愤不平地诅咒童年，
并且诅咒学科紧缚着我们。
许多人未能生还。伴着新的歌声，
他们光荣地倒在波罗金诺战场，
在库兹明高地，在立陶宛密林，
死在靠近蒙马尔特[②]的地方。

（1829年）

① 指俄国1812年的卫国战争。
② 巴黎的一个郊区。在巴黎公社的起义中负有盛名。

我们走吧，无论上哪儿我都愿意……[①]

我们走吧，无论上哪儿我都愿意，
朋友们，随便你们想要去什么地方，
为了远离骄傲的人儿，我都愿意奉陪：
不管是到遥远中国的长城边上。
也不管是去人声鼎沸的巴黎市街，
到夜间船夫[②]不再歌唱塔索的地方，
那里在古城[③]的灰烬下圣尸还在昏睡，
只有柏树林子还在散发着馨香。
哪里我都愿去。走吧……但朋友们，
请问我的热情在漂泊中可会消亡？
我将要忘却骄傲而折磨人的姑娘[④]，

① 普希金此时心情不佳：因擅自去军队而受到当局的严厉斥责之后，又遭到纳·尼·冈察洛娃（未来的妻子）的冷遇，因此提出去法国或意大利旅行，或随派往中国的外交使团同行的申请，结果也遭到拒绝。

② 指意大利威尼斯的小游艇划手，塔索之所以不再被他们歌唱，是因为当时威尼斯正被奥地利人占领。

③ 指两千年前古罗马的一些毁于火山喷发的城市，在普希金的时代已被完好无损地发现。

④ 指他的未婚妻纳·尼·冈察洛娃。

还是仍要到她跟前忍受她的怒气，
把我的爱情作为通常的献礼捧上？

（1829年）

不论我漫步在喧闹的大街……

不论我漫步在喧闹的大街，
还是走进人数众多的教堂，
或者坐在狂放的少年当中，
我总是沉湎于我的遐想。

我自言自语：岁月如飞，
这里无论我们有多少人，
都将要走进永恒的圆拱——
有些人的寿限已经逼近。

每当我望见孤零零的橡树，
我总想：这林中长老的年轮，
将活过我湮没无闻的一生，
如同他活过了多少代先人。

每当我抚爱我可爱的婴儿。

我早就想向他说声：别了！
让我来给你腾个位置吧：
我该衰朽，你满身春色。

对于每一天，对于每一年，
我习惯于让思索给它们送行，
我努力从岁月中猜度出，
何年何日将是我的忌辰。

命运在何处派来死神？
在战场，客中，还是浪尖？
或者将由附近的峡谷，
来把我这具寒尸收敛？

纵然对于无知觉的尸体，
在哪里腐烂反正都一样，
但我仍愿意我的长眠处
尽量靠近我心爱的地方。

但愿在我的寒墓入口，
将会有年轻生命的欢乐，
但愿淡漠无情的大自然。

将展示它水不衰的美色。

（1829年）

高 加 索

高加索在我脚下。我兀立山巅，
在悬崖边缘的积雪之上出现，
一只苍鹰从远方的峰顶腾起，
一动不动地翱翔在我的眼前。
从这里我见到了急流的源头，
和那可怕的雪崩的初次塌陷。

这里，乌云在我脚下温顺地飘移，
透过云层传来了瀑布倾泻的喧响；
云幕底下矗立着光裸的巨崖险壁；
往下已有枯索的鲜苔和灌木生长；
再往下面都是丛林和绿色的阴翳。
野鹿匆匆奔跑，小鸟儿啾啾鸣唱。

在那里，一些人家居住在山坳，
只只白羊沿着青绿的陡壁攀高，

一个牧人朝着欢乐的谷地走下，
阿拉瓜河在狭窄的两岸间迅跑。
一个贫穷的骑手掩藏在山谷中，
捷列克河正充满狂喜，急浪滔滔。

它像一头从铁笼中望见食物的
初生的兽犊那样在咆哮、戏玩，
怀着枉费心机的敌意向河岸冲击。
用如饥似渴的波浪舐吮着山岩……
但却枉然！没有食物，没有欢愉：
沉默的峭壁可怕地把它夹在中间。

（1829年）

雪　崩

巨浪拍打阴郁的巉岩，
喧响不息，飞沫四溅，
苍鹰在我头顶上鸣叫。
松林在哀怨，
那雾海浮沉的崇山峻岭
闪亮着银冠。

有一次突然从峰顶塌落
一大堆雪，它隆隆作响。
在峭壁间的深谷夹道中
筑起了屏障，
于是挡住了捷列克河
滔滔的巨浪。

捷列克河啊，你筋疲力尽后
安静了，突然停止了咆哮；

但又百折不回，怒捣冰雪，
凿出了通道……
你野性大发，淹没了两岸。
一片水滔滔。

崩裂的冰层一直躺在谷中，
这庞然大物未见消融，
愤怒的捷列克河从底下冲过，
它掀起水尘
和喧嚣不息的飞沫，润湿着
冰冷的苍穹。

头顶上有一条宽阔的通路：
沿着它，骏马奔驰，老牛移步，
草原的商人一步步前行，
牵着匹骆驼，
如今只有风神这空中居民。
从这里驰过。

（1829年）

卡兹别克山上的修道院

卡兹别克，你雄伟的天幕，
高高俯瞰着层峦叠嶂，
闪耀着这永恒的光辉。
有如天上的方舟翱翔，
你的修道院耸立在云端[①]，
依稀飞翔在群山之上。

我所渴望的迢迢的彼岸！
我真想对峡谷说声“再见”，
然后攀上那自由的峰顶！
我真愿意和上帝为邻，
到那云外的密室隐身！……

（1829年）

---

① 指古老的格鲁吉亚教堂茨明达·萨灭巴。

勇　士

山冈外传来对射的枪声，
敌营与我营正虎视眈眈，
山冈上，在哥萨克们眼前，
一个漂亮的勇士在盘旋。

勇士！可别闯入哥萨克战阵，
切莫把自己的性命送掉；
大胆的娱乐会使人突然遭殃，
只消你不幸碰上了梭镖。

喂，哥萨克，别投入战斗！
一个勇士驱策着战马，
他要用弯弯的军刀从肩头
把你那剽悍的头砍下。

对驰，遭遇，共同喊叫……

你们快瞧！结果可好？……
勇士身上已中了梭镖，
可哥萨克的脑袋飞了。

（1829年）

当鼓噪一时的流言蜚语……[①]

当鼓噪一时的流言蜚语，
玷污你那青春的年华，
你便会丧失对荣誉的权利。
处在上流社会的判决下。

在这薄情的世人之中，
唯独我一人与你分忧。
为你向着漠然的神像。
发出毫不灵验的祈求。

但上流社会……决不会改变
它那残酷无情的惩罚：
它不会鞭挞自己的谬误，
反却替它们隐恶作假。

① 这首诗是写给阿·费·扎克列夫斯卡娅的。

上流社会的爱慕虚荣，
它对伪善的孜孜追逐，
应受我们同等的蔑视：
让心儿披上忘怀之幕；

切莫啜饮这痛苦的毒酒；
快从闷人的花花世界出走；
抛下这些疯狂的欢娱吧，
唯独我一人是你的朋友。

（1829年）

题征服者的半身雕像[①]

在这里你枉然发现败笔：
艺术的妙手把一丝微笑
挂到这大理石铸的嘴边，
怒气抹在冰凉光亮的额角。
其貌不诚实并不是无因。
这位统治者也就是这样：
习惯于互相矛盾的感情，
相貌和生活与丑角相仿。

（1829年）

① 这是指亚历山大一世的半身雕像，为丹麦雕刻家托瓦尔辛（1768—1844）1820年于华沙所作。

当我用这匿名的讽刺诗……[①]

当我用这匿名的讽刺诗
给佐依尔[②]的面目涂上污斑，
必须承认：我没有料到
他会响应我这一挑战。
这些传闻是不是可信？
他敢担保吗？果真这样？
难道我的傻瓜竟招认：
他挨了我的一记耳光。

（1829年）

① 普希金在嘲讽卡切诺夫斯基的短诗中虽未直呼其名，但在《欧罗巴通报》所载匿名（实为纳杰日金所写）批评普希金的《波尔塔瓦》的文章里，却指责他“热衷于恶毒的小诗与谩骂”。这首诗就是为回击这种攻击而写。

② 公元前4世纪希腊的喜吹毛求疵的批评家，应指纳杰日金，但普希金误以为是卡切诺夫斯基。

鞋　匠[1]

（寓言）

有个鞋匠曾经端详一幅画，
他指出所画的鞋上有一处败笔；
画家立即拿起彩笔来修改。
鞋匠双手叉腰还接着评议：
“我觉得面孔稍稍有点偏斜……
这个胸脯是否也裸露太多？……”
阿佩列斯[2]听得已忍无可忍：
“朋友，评论可别把鞋来越过！”

这使我想起我的一位朋友：
我不知道他在哪方面内行，
尽管他在口头上相当严谨，

① 这首诗是普希金针锋相对地回敬纳杰日金的，后者无理指责了他的《波尔塔瓦》等长诗。

② 是公元前4世纪希腊画家，本诗借用他的品来贬斥对什么都横加评论的人。

真见鬼，他竟对一切说短道长[1]，
最好他还是只谈修鞋的行当！

（1829年）

① 这句诗用来影射纳杰日金的言行不一，因为后者在文中引用过贺拉斯的诗句“不要做你力不能及的事”。

只用念珠把脖颈缠绕

骑士从来不向人祈祷，
不向上帝、上帝之子[①]，
或任何一个神灵祷告，
他真是一个怪人奇士。

他度过多少个不眠之夜，
对圣母玛利亚肃立景仰，
用哀伤的眼神凝望着她，
泪水像河水轻轻地流淌。

他满怀着信念和挚爱，
对笃信上帝十分虔诚，
他用鲜血在盾牌上写道：
“圣母啊，祝你欢欣。”[②]

---

① 即耶稣。
② 原文为拉丁文。

与此同时，别的骑士们
正驰骋迎击战栗的敌人。
转战于巴勒斯坦平原
嘴里喊出夫人们的芳名。

神圣的玫瑰，天庭之光！[1]
他的喊声大过任何人，
而穆斯林却从四面八方，
威风凛凛地向他逼近。

他返回遥远的城堡后，
遭到了严酷的囚禁，
一味钟情，一味忧伤，
未进神餐就去见死神。

正当骑士弥留的时光，
狡猾的精灵赶到病榻旁，
那恶魔想把骑士的灵魂
拖到自己所在的地方。

① 原文为拉丁文。

他说骑士不祷告上帝，
也不知道守规吃斋，
他只是殷勤地追逐
圣母玛利亚的裙钗。

但这位圣母玛利亚，
诚心诚意护佑着他，
并且允许那位骑士
永远进入她的国家。

（1829年）

昆虫集锦[①]

啊，多么小的小牛，
真的，小过一个别针头。
——克雷洛夫

我这里的昆虫集锦，
可供友人们一饱眼福，
这是何等斑斓的家族！
无论从哪里把它们搜寻，
它们的分类都浑然天成！
这儿是瓢虫格林卡[②]，
毒蜘蛛卡切诺夫斯基，
还有斯维宁[③]——俄国甲虫，
加上奥林[④]——黑蚂蚁。

① 这首讽喻诗原来没有点出具体的人名，只是根据各该人探口气的音节数标上星点做记号，使全诗更有概括性。诗中所列姓名是普希金的同时代人填上的。

② Φ. Н. 格林卡写过一些宗教诗，以软弱无力为其特色。

③ П. П. 斯维宁，当时庸庸碌碌的批评家。

④ В. Н. 奥林，同上。

和小小的甲虫拉伊奇[1]。
它们真是美不胜收！
一个个被人刺穿后定住，
在玻璃柜整齐地陈列着，
一排排配上警句神气十足。

（1829年）

① C．E．拉伊奇，同上。

世间有个贫寒的骑士……①

世间有个贫寒的骑士，
他沉默寡言，质朴异常，
看起来阴沉而脸色苍白，
但生性勇敢，为人直爽。

他曾经见过一种幻觉，
那简直有点莫名其妙，
而幻觉却刻在心上，
印象竟是那样坚牢。

他曾远去日内瓦旅行，
在那道旁十字架附近，
亲眼目睹圣母玛利亚，
那位天主基督的母亲。

① 这首诗普希金生前因为检查上的原因没有发表。后诗人以更简洁的形式收入《骑士时代的几场戏》。

从此他心里燃起激情，
对旁的女人不屑一看，
直到自己入土进棺材，
不想跟任何女性交谈。

从此他再也不从脸上，
摘除那个钢质的面罩，
他再也不围上围脖了。
只用念珠把脖颈缠绕
……

（1829年）

我的名字对于你算什么？……[1]

我的名字对于你算什么？
它很快从心中化为乌有，
像遥远海岸溅浪的哀哭。
像密林深处的夜音幽幽。

它在一张纪念的纸页上
会留下失去生命的痕迹，
如墓碑所题花纹般的词章，
用以表述的是难懂的言语。

它算什么呀！它早已被你
在新的焦急不安中忘记。
它不会给你的心灵带去
任何纯洁的温柔的回忆。

① 本诗是题在索班斯卡娅（1794—1885）的纪念册上的。

但在寂静中，在悲伤的时刻，
你不妨惦念着说出我的名，
不妨说："总算还有人记得我，
世上有一颗装着我的心。"

（1830年）

致 诗 人

诗人啊！切莫看重世人对你的喜好，
狂热赞美的短暂喧闹即将逝去。
你将听到笨伯的指责和世人的冷笑，
然而你仍应保持坚定、镇静和沉郁。

你是王者：独自活下去，你应走定
自由的心灵引你走着的自由之路，
你要对珍爱的思想果实精益求精，
不要为崇高的业绩而对褒赏有所求。

褒赏在你心中，你就是最高的法官；
你善于比谁都更严地对劳作进行评判。
你自己对它满意吗，一丝不苟的艺术家？

满意吗？那么就让世人责骂它好了，
就让他们去唾弃点燃你圣火的神坛吧，

就让他们孩子般摇晃你的三脚供桌吧。

（1830年）

哀　歌

荒唐岁月里那逝去的欢乐
如令人不安的酒醉折磨我；
往昔的哀伤——也像酒液，
停留我心中愈久远愈浓烈。
我的路凄凉，如汹涌的海洋，
未来只许诺我辛劳和悲伤。

朋友啊，我可不愿就去死；
我要活，为了受苦和深思，
在灾难、操虑和焦急之间，
我相信总会有赏心事相伴。
有时我还会为和谐而陶醉，
为虚构的故事而伤心落泪，
也许，在我悲惨的暮年，
爱情会一闪告别的笑颜。

（1830年）

诀　别[1]

我最后一次在我的心上
敢于拥抱你可爱的倩影，
用心灵的力量唤醒遐想，
带着怯懦而忧郁的温存，
将你给我的爱默默怀想。

我们的岁月更迭又流逝。
改变一切，也改变我们，
对于自己的诗人，你已是
蒙上了一层坟墓的暗影，
对于你，你的朋友已消逝。

远方的女友啊，请接受
我这由衷诀别的情意，
你就像失去亡夫的寡妇，

① 本首诗是献给伊·克·沃隆佐娃的。

你就像送友去服刑之前，
默默拥抱过他的朋友。

（1830年）

在这神圣的坟墓之前……[1]

在这神圣的坟墓之前，
我低头肃立，黯然神伤……
全都沉寂了，唯有神灯
在漆黑的殿堂放着微光。
把棵棵大理石柱和一排
垂悬的旌旗抹一层金黄。

在石柱和旗帜下躺着墓主，
这个北国卫队崇拜的偶像，
强国的年高望重的捍卫者，
曾经制服一切敌寇的猛将。
叶卡捷琳娜王朝一代英杰中
留存下来的最后一根栋梁。

在你的墓中洋溢着一片欢欣！

① 这首诗写诗人在彼得堡喀山大教堂中库图佐夫墓前的沉思。

它向我们发出俄罗斯的声音；
它向我们反复提及那个年头：
一种充满着人民信念的声音，
曾向你圣洁的苍苍白发呼吁：
“去拯救吧！”你挺身而起保国卫民。

如今你再听听我们的心声吧。
挺起身来，拯救沙皇和我们，
啊，严威的老人！请你面对
你所留下的团队的将士们，
到墓口片刻显一显你的雄姿，
鼓舞鼓舞我们的欢欣和热忱。

显现一下吧，并用你的手掌
为我们指出，在领袖们当中
谁是你的继承者、候选人！
但殿堂沉浸在默默无语中，
而你战墓中的永恒的梦境
依旧不动声色，一片寂静……

（1831年）

波罗金诺周年纪念[1]

每当我们用追念兄弟的酒宴
把伟大的波罗金诺日缅怀，
总要说："不少外族曾来进犯，
气势汹汹，要给俄罗斯降灾；
欧罗巴不是曾经倾巢发动?
是谁的星辰引他们到这里！……
但我们却坚定地站稳脚跟，
用胸膛奋力抵御听命于
傲慢的意志[2]的民族的进逼，
使力量悬殊之争势均力敌。

可如今他们一味自我夸耀，
竟忘却当年灾难性的逃跑；

① 这首诗写于诗人听到俄国军队攻占华沙的消息之时；这件事正好发生在波罗金诺之战周年纪念日：1831年8月26日。这是诗人以大俄罗斯沙文主义情绪弘扬爱国主义精神的少数诗篇中的一篇代表作。

② 指拿破仑。

忘记了俄罗斯的刺刀和白雪
把他们的光荣埋入荒村野郊。
熟稔的盛宴又把他们引诱——
斯拉夫人的鲜血醉人可口；
然而醉后他们感觉难受；
不过他们的客子梦岂会长留，
在那北国田畴的禾苗之下，
在冰凉而拥挤的新居里头！
快来吧，俄罗斯在呼唤你们！
但你可要知道，我们的贵客！
波兰不会再为你们做向导，
你们可要从波兰的白骨上跨过！……”
这些话兑现了——在波罗金诺日，
我们的战旗又一次破阵闯入
再度陷落的华沙城的缺口；
波兰好像一团奔逃的士兵，
血染的战旗丢弃的尘埃之中，
被镇压的反叛便默不作声。

在战斗中阵亡者受到保护，
我们从不践踏敌人的尸骨；
如今我们不必给他们提醒：

人们把一个个古老的遗训
都保存在无言的传说之中；
我们不想焚毁他们的华沙，
他们看不见那专司报应的
女神那副金刚怒目的面容，
从俄罗斯诗人的竖琴之上，
不会听到怨天尤人的歌声。

而你们，议会中蛊惑人心的人，[①]
尽是些信口雌黄的雄辩者，
你们，平民遭灾的一种警钟，
是俄罗斯的死敌和诽谤者！
你们作何结论呢？……难道俄国人
还只是一个病弱的巨人？
难道北国的光荣还只是
怪事一桩，一声虚假的梦？
你们说，华沙是不是很快
对我们发布它高傲的法令？

我们该把要塞的版图推向何处？[②]

① 指法国议会里的发言人。
② 保守的波兰小贵族集团要求将乌克兰合并于波兰。

过布格[①]到沃尔斯克拉[②]，利曼[③]？
沃雷恩[④]将要归属于谁？
谁将去占有波格丹[⑤]的遗产？
立陶宛承认了造反的权利，
是否会从俄国独立出去？
我们这衰朽的金顶的基辅，
这俄罗斯城市的远祖，
是否会让自己坟墓的圣地
去跟狂暴的华沙攀亲戚？

你们风暴般的喧闹和嘶哑的喊声，
难道能扰乱俄罗斯统治者的平静？
你们说吧：到底是谁低垂了头？
利剑或叫喊这两者谁占了上风？
俄罗斯是否还强盛？战争、流行病、
还有暴动，和国外风暴的逼攻，
丧心病狂地震荡得它不得安宁——

---

① 河名。西布格河流经苏波国境，南布格河流经乌克兰西南部而入黑海。

② 河名。为第聂伯河左支流。

③ 今乌克兰共和国哈尔科夫州的一个城镇。

④ 为西布格河上游和普里皮亚特河右方各支流，属于基辅罗斯的省份。

⑤ 波格丹·赫米尔尼茨基，17世纪乌克兰人反抗地主波兰压迫的解放斗争的领袖。

你们看看吧，它仍然岿然不动！
在它周围，风潮全都已经平息——
波兰的命运却从此被注定……

胜利啊！心灵惬意时刻！
俄罗斯，站起来，快快中兴！
轰鸣吧，这普天同庆的欢声！……
但你可要轻轻、轻轻地涌动，
在他躺着的那张灵床的周围；
这奇耻大辱的强有力的复仇者[①]，
他征服了塔夫尔山[②]的峰巅，
连埃里温[③]都屈从于他的威严，
那三倍的诅咒给他编织好了
一顶苏沃洛夫式的花冠。

苏沃洛夫从自己墓中站起，
看见华沙已经成了俘虏；
在他开创的英雄的辉映下，
他的幽灵也因之而哆嗦！

---

① 伊·费·帕斯凯维奇，季比奇死后，是镇压波兰起义者的俄军的首领。
② 土耳其的山系。
③ 1936年以后称耶烈万，今亚美尼亚共和国的首府。

他，我们的英雄，他在为你祝福：
愿你解除痛苦，得到安宁；
愿你的战友们作战英勇，
愿传来你的凯旋的喜讯；
祝福他自己年轻的儿孙，
是他带着它向布拉格挺进。

（1831年）

回　声

无论是野兽在林中吼叫，
或吹起号角，或响起雷鸣，
或少女在山冈那边唱歌——
　　对于每一种声音，
你无不在那寂寥的空中
　　顿时就作出回应。

你谛听着阵阵巨雷的轰响，
暴风雨的怒吼，巨浪的鼓荡，
还有乡间牧童的呼喊——
　　你给一切以反响；

可是对你却无人置理……
　　诗人，你也是这样！

（1831年）

皇村学校愈是频繁地……[1]

皇村学校愈是频繁地
庆祝自己神圣的校庆，
我们这个老朋友圈子，
愈是不敢结成大家庭，
这个圈子便愈少出现，
庆典就愈少欢乐气氛，
碰杯的声音就愈沉闷，
我们的歌声就愈多哀音。

人间的风暴一阵阵劲吹，
有时会突然间触及我们，
虽然身在年轻人的筵席，
心儿却常常会变得阴沉；
我们成长了；命运却预示
生活的考验也会光顾我们，

① 这首诗是为庆祝1831年10月19日皇村学校二十周年校庆而写。

死神常常在我们中间徘徊，
并且指定自己的牺牲品。

有着六个已多余的位置，
再也见不着那六个友人，
他们天各一方地安眠着——
或此处殒命，或沙场葬身，
或死在家里，或亡故他乡，
或被病压倒，或饱尝哀伤，
都被带进黑暗的湿土中，
为他们我们曾大哭过一场。

我似乎觉得该轮到我了，
亲爱的杰尔维格[①]在把我呼唤，
这活跃的青春时代的朋友，
这忧郁的青春时代的同伴，
一起唱过青年歌曲的同学，
和你们同赴过欢宴，一道幻想，
这位别我们而去的天才诗人，
正呼唤我们朝亲人的幽灵飞翔。

① 杰尔维格是至此时死去的六同学之一。他的死对普希金震动很大，预感到将在他之后死去，事实果然如此。

啊，亲爱的朋友们，让我们
把我们忠诚的圈子聚得更紧。
我已给长眠的人唱完了圣歌。
还要用希望祝愿健在的人们：
希望你们有朝一日再一次地
出现在皇村学校的酒筵之上，
再一次拥抱全体健在同学，
对充当新的牺牲不必恐慌。

（1831年）

不，我不珍视那喧闹的宴饮……

不，我不珍视那喧闹的宴饮，
感官上的兴奋，疯狂，变钝，
呻吟，放荡的青年妇女的叫喊，
当她像条蛇盘绕在我的怀中，
用那火热的温情和接吻的瘟疫
催赶那最后战栗的时刻来临！

啊，你多可爱，我温顺的美人，
啊，因为有了你我幸福万分，
当你答应了我的久久的祈祷，
温存地委身于我而毫不动心，
腼腆而冷漠，对于我的狂喜
微微回应，对别的听而不闻，
到后来才越来越活跃起来——
最后不由得不分尝我的热情！

（1831年）

题斯米尔诺娃纪念册[①]

沉湎于上流社会和宫廷
徒劳无益的焦虑缤纷，
我仍保持着冷峻的目光、
自由的智能、纯朴的心
和那高尚的真理烈焰，
我如同孩子一样善良；
我常嘲笑虚妄的人群，
我做出的判断正确开朗，
并把最阴暗恶毒的笑话
都整整齐齐地直书纸上。

（1832年）

① 亚历山德拉·奥西波夫娜·斯米尔诺娃具有较高的天赋，普希金曾劝她写作。在她生日时送她一个纪念册并在上面题了这首诗，诗中的“我”在原文中与阴性名词一致，不是自指。

美　人

她的一切都和谐、奇美，
一切都高出凡俗和情欲，
她在端庄的秀美中静谧，
脸上露出了含娇的羞涩。
她举目一望自己的四周，
不见敌手，也缺失女友；
我们相形见绌的美人群，
在她的辉耀下光彩消遁。

无论你匆匆奔向何方，
纵令去赴爱情的幽会，
无论在你自己的心房，
秘藏的幻想有多珍贵。
一遇见她，你就会窘困，
你就会不由得突然呆住，
怀着对神明的虔诚之心，

面对这一尊美的圣物。

（1832年）

上帝保佑别让我发疯……

上帝保佑别让我发疯。
不，宁肯要拐杖和讨饭袋；
不，宁肯要劳动和饥饿。
并非因为我是在珍爱
我的理性；并非因为
　　我不愿和理性分开。

假如能让我无拘无束，
我就会欢蹦乱跳地
　　朝那幽暗的森林奔去！
我就会如痴似醉地唱起，
我就会让自我沉迷在
　　一个个纷乱神奇的梦里。

我就会入迷地谛听涛声，
我就会充满幸福的感情，

向着浩渺的长空眺望；
我就会非常自由、强劲，
像旋风一样刨掘田野，
折断树木像一阵旋风。

但倒霉的是你一旦发疯，
你将可怕得像瘟疫一般，
将有人立刻把你囚禁，
像系傻瓜把你系上锁链，
人们将会前来挑逗你，
像隔着铁栅戏弄野兽一般。

而在夜间我将会听到的，
将不是夜莺嘹亮的啼鸣，
也不是密林深处的喧嚣声——
而是我的同伴们的呼喊，
和值夜看守们发的叫骂，
是那尖叫和镣铐的锒铛声。

（1833年）

如泛着涟漪的茫茫积雪……

如泛着涟漪的茫茫积雪，
在洁净的田野上闪着银光，
明月朗照着。一辆三套车
飞驰在标有里程的大路上。

唱吧，当旅途寂寞难耐，
在夜幕之下，大路之上。
总有一支豪勇响亮的歌
用亲切的声音滋润我心房。

唱吧，车夫，我将贪婪地
默默倾听你唱的歌声。
明月洒下凄清的光辉，
从远处送来哀婉的风声。
你唱：“松明呀，小松明。
你为何不燃烧得亮晶晶？”

（1833年）

秋[①]

（断章）

有什么不进入当时昏昏欲睡的我的脑中？

——杰尔查文

一

十月来临了——小树林从自己光秃的
枝杈上摇落最后的几片枯叶。
寒秋吹一口气——道路便封冻了。
小溪还朝磨坊后潺潺地流泻，
池面已经结上冰。我的邻居
正忙着带上猎具去猎场远行，
疯狂的游乐使秋播地遭到践踏，
猎犬的吠叫唤醒了沉睡的密林。

① 诗人于1830年秋构思此诗，原题为《1830年乡村的秋天》。

二

这正是我的季节，我不爱春天；
我厌烦融雪天；我病春：湿臭、泥泞；
血的跳荡；情感、心智被愁闷窒息。
严寒的冬天更能称我的心，
我爱冬天的雪：在月光照耀下，
和女友乘雪橇飞驰多轻快、逍遥，
她身穿貂皮大衣，温暖而鲜艳，
她紧握您的手，全身抖颤、燃烧！

三

多么惬意啊，双脚穿上冰刀，
在镜子般平坦而凝立的河面滑行！
而冬季节日里那些精彩的惊慌！……
但该说实话；半年雪下个不停。
这情景，就连洞穴里的住客狗熊
也终于厌倦。我们总不能老是
和年轻的阿尔米达[①]同滑一辆雪橇，

① 意大利诗人塔索诗《解放了的耶路撒冷》中的美女。此处作美女解。

或关在双层窗里围着火炉度日。

四

啊，美丽的夏天！我也会爱你，
假如无炎热，没有蚊蝇和尘埃。
你折磨我们，损坏我们的心智，
像田野一样，我们遭受着旱灾；
我们但求喝足水，使自己清爽，
没有别的想法，只眷恋冬妈妈，
我们用薄饼和红酒先把她送走，
然后再用冷饮和冰食来追荐她。

五

通常人们总是骂晚秋的时节，
但是，亲爱的读者，它使我喜爱，
我爱它显得温和的静谧的美，
像家人中一个不讨人喜欢的小孩，
他却讨我喜欢。坦白对您说，
一年四季中我就喜欢秋季，
它有许多优点；并非徒务虚名的爱好者，

我凭任性的想象发现它一些秘密。

六

这该如何解释？我喜欢它，
大概这就像有时你竟会喜欢
一个患结核的姑娘。虽注定要死，
可怜的人儿倒下时无怒无怨。
在枯萎的唇边还露出一丝微笑；
墓门张开了大嘴，她听而不闻；
鲜艳的红晕还在脸上辉耀。
今朝她活着，明天就离开红尘。

七

忧郁的季节！令人头眩目迷！
我沉醉于你那行将告别的美色，
我爱凋萎中五彩缤纷的大自然，
我爱树林披一身深红色和金色，
树林里的萧萧风声和清新气息，
笼罩天空的一片荡漾的烟霭，
还有那稀疏的阳光，还有那初寒，

那带来隐约威胁的冬的苍迈。

八

每年秋季总焕发我的神采，
俄罗斯的寒冷对我健康有益；
对日常生活我又感到热爱，
睡梦和饥饿列队般来到我身体；
我心中的血在轻松、欢快地涌动
热望在沸腾——我幸福、年轻如前，
我又溢满生命——我这肌体
（我原谅我不必要的散文字眼）。

九

给我牵来了骏马，它驮着我
扬着鬃毛在宽阔的荒野驰骋，
在它闪亮的马蹄下不停地响起
冻结的山谷和碎裂的薄冰的声音。
但短短的白日一熄灭，在被忘的炉中
又燃起火苗，时而烧得通明，
时而火光微微，我面炉而读，

或者把深长的思绪在心中萌生。

十

我便忘却世界，在甜蜜的静谧中
我便甜蜜地沉浸在我的想象里，
诗情渐渐地在我心中苏醒了，
心灵便受到抒情波涛的冲击，
它颤栗，它呼求，它像在梦中似的，
寻求最终能自由地倾吐胸臆，
此时朝我走来的是一群幻影——
我的老相识，我的幻想的果实。

十一

于是头脑里的思潮汹涌而至，
轻快的韵脚迎着它疾奔而来，
手指求诸笔端，笔求助于纸，
刹那间——诗章一行行写得飞快。
像安睡在死水上的一艘大船，
可是，听！水手们在急忙行动，
爬上爬下，帆都鼓满了风，

这庞然大物扬帆破浪前进。

十二

它在航行，可我们朝何处航行？
……

（1833年）

该动身了，我的朋友，心要求平静……①

该动身了，我的朋友，心要求平静；
一天跟随一天飞逝，而每一点钟
带走一部分生命，而我和你两个人
才打算生活下去，一看恰恰快寿终；
世上没有幸福，但有着平静和意向；
我早就对令人羡慕的命运梦寐以求；
我这个疲惫的奴隶早已企图逃走，
到从事劳作和尽享安逸的遥远居处。

（1834年）

① 这首诗是普希金写给妻子的，因为她曾反对他离开彼得堡去乡下专门从事创作。

夜　莺[1]

夜莺啊，我的小夜莺，
林间幼小的飞鸟！
小鸟呀，你有三支歌
反复地鸣唱不换调，
我这个小伙子呀，
有三件大事把心操！
说到头一件心事嘛，
给小伙子完婚还算早；
再说我二件心事吧，
我的乌骓马已疲劳；
至于第三件心事么，
狠心的人们硬是让
美丽的姑娘把我抛。
在那广阔的田野上，

① 这是组诗《西斯拉夫人之歌》（共十六首）中的第九首，这部组诗的前九首和第十三、十六首是普希金根据法国作家梅里美诗集《居士拉》中的作品意译而得。

你给我先把墓挖好，
再在我的头顶上，
栽一些红花来环绕，
再在我的脚旁边，
引来清泉水一道，
美丽的姑娘走过时，
便可把花冠编造；
年老的人们走过时，
便可把泉水取淘。

（1834年）

骏　马[1]

我的快马，你为何嘶叫？
你为何垂下你的脖颈？
为何不再抖动你的鬃毛，
不再把马嚼咬得紧紧？
莫非我没把你好生照料？
莫非你没有把燕麦吃饱？
莫非因马具还不够美丽？
莫非因缰绳并非丝织成？
莫非嫌蹄铁没有镶白银？
莫非嫌马镫没有镀黄金？

哀婉的马这样回答道：
“我变得驯服了。这是因为
我听到远方马蹄的奔跑。
箭矢嗖嗖响，号角阵阵吹；

① 这是组诗《西斯拉夫人之歌》中的第十六首。

我要嘶叫了，这是因为
在田野逍遥不了多久，
不会太久受照料和显示美，
炫耀身上亮丽的甲胄；
这是因为严酷的敌人
很快会把我的鞍具夺走，
将从我四只轻捷的蹄上
把我这镶银的掌子抢到手；
我的心灵非常痛苦，
因为敌人将剥下你的皮，
拿来顶替我的鞍韂，
盖上我汗湿的身腰和背脊。”

（1834年）

我原以为，心儿已忘却……

我原以为，心儿已忘却
轻易地感受痛苦的能力，
我曾说过："过去的一切
已成为过去！已成为过去！
过去了，由轻信滋生的梦际，
过去了，那欢乐和悲伤……"
但一旦面对着美的威力，
又一次颤抖起我的心房。

（1835年）

乌　云

暴风雨最后残留的乌云！
独有你驰过晴朗的蓝天，
独有你投下灰暗的阴影，
使欢欣的日子顿失欢颜。

不久前你还把穹天环抱，
电闪可怖地缠住你的腰身；
你发出隐秘的雷的咆哮，
斟雨水让干渴的大地痛饮。

够了，隐退吧，已时过境迁，
大地清新了，雷雨去无迹：
风儿在抚弄着树上的叶片，
眼看要把你驱逐出天际。

（1835年）

我又重访了……[1]

……我又重访了
那块土地，在那里，默默地
我度过两个流放的年头。
从那时起已过去十年了，
生活中又有了多少变化！
我自己也顺从普遍的规律，
有所改变，但回到这里，
往事便不由得将我缠绕，
仿佛昨晚我还在这片
丛林里迈步。

　　这是贬居的小屋，
我和可怜的奶娘曾住过。

① 这是普希金在1835年9月16日所写重访米哈伊洛夫斯科耶（父母的领地，1824—1826年被沙皇政府幽禁于此达两年之久）后的观感的诗，全诗充满万千的感慨和对奶娘的思念。本诗是无韵诗，有节奏无韵脚，译文也重在移植节奏，但不押韵。

老妈妈已不在——隔着墙壁
我再也听不到她沉重的脚步，
再也听不到她殷勤的巡查声。

　　这是树木丛生的山丘，
我常呆坐在上面，凝视着
一片湖水，并忧伤地回忆起
另一些坡岸，另一些波浪[①]……
在金色的田畴和绿色的牧场间
湛蓝的湖水辽阔地伸展着，
一个渔夫驾一叶扁舟，
身后曳着一张破网，
正划过那莫测深浅的水面，
靠缓斜的岸边是点点村落，
村后那歪斜的磨坊的两翼
吃力地迎风旋转……
　　　　　　在祖传领地的
边界之上，在一条被雨水
冲蚀的道路通往山上的地方，
高高地耸立着三棵青松：

① 指黑海滨，普希金流放在奥德萨时常去海边散步。

一棵稍远，两棵紧挨着，
当我在明媚的月光下面，
骑马经过它们的身旁，
树梢便用熟悉的簌簌声
对我欢迎。如今我又骑马
走过那条路，重又看见了
三棵树，它们风姿依旧，
听熟的簌簌声也一如从前，
只是在它们老迈的根旁
（从前，那儿空洞洞而赤裸裸）。
如今长起了年轻的树丛，
绿色的家庭；在它们荫庇下，
灌木像孩子般拥挤，在远处，
兀立着它们忧郁的同伴，
活像个年老的单身汉，它周围，
一切依旧空空的。
　　　　你们好，我的
素不相识的年轻一代！
我已看不到你们的成长，
那时你们将高过我的老相识，
你们将不让过路人看见
它们苍老的头顶。让我的

孙儿来听听你们欢迎的喧声吧。
到时他与友人闲谈归来，
满怀欢快与欣喜的思绪，
在黑夜里走过你们身旁，
便会想起我来……

（1835年）

我为自己建造一座非人工的纪念碑……

我树起一座纪念碑。

——贺拉斯[1]

我为自己建造一座非人工的纪念碑，
人民走向它的路径长不起荒草，
它昂起那颗不肯屈服的头颅耸立着，
　　比亚历山大纪念柱[2]还高。

不，我不会完全死去，心灵在竖琴[3]里
将逃避腐朽，比尸骨活得更久，
只要月光下的世上还有一个诗人，
　　我的名字就能流芳。

我的名字将把整个俄罗斯传遍，
提起我的将会有各种各样的语言，

① 古罗马大诗人，原文为拉丁文。
② 1830年至1831年建于冬宫广场，柱高47.5米。
③ 象征诗歌。

无论骄傲的斯拉夫人的子孙，还是芬兰人、
　　未开化的通古斯人、草原之友卡尔梅克人。

我将久久地受到我的人民的喜爱，
因为我曾用竖琴唤起善良的感情，
因为我歌颂过自由，在这严酷的时代，
　　还曾为倒下者呼吁过宽容。

哦，缪斯，听从上帝给予的旨意吧，
不要怕受委屈，不要希求桂冠，
对赞美和诽谤同样平心静气地接受吧，
　　不要去和愚人争辩。

（1836年）

我逃向锡安高地是枉然……

我逃向锡安高地[1]是枉然，
贪婪的罪孽紧跟我追赶，
仿佛饿狮把鼻孔钻进流沙，
凭脚印的气味把野鹿寻探。

（1836年）

① 锡安高地是耶路撒冷的一部分，相传是大卫建王宫的坐落处。

不，生活没有让我厌烦……

不，生活没有让我厌烦，
我爱活着，我想活着，
心儿还没有完全冷淡，
尽管已蹉跎青春岁月。
我仍保存感受的欢欣，
为了满足我的好奇心，
为了想象中的美梦成真，
为了对一切……的钟情。

（1836年）

忘记了树林，忘记了自由……

忘记了树林，忘记了自由，
笼中的黄雀在我头上
啄食谷粒，喷溅水珠，
歌喉婉转，自我欣赏。

（1836年）

叙事诗

瞿秋白　王立业　译

茨　冈[1]

一大群热闹的茨冈人
沿着柏萨腊比游荡。[2]
他们今天过夜，就在那
河上搭起破烂的篷帐。
自由自在的，还有天做他们的篷，
好快乐的过夜，他们的和平的梦。
好些车轮中间，

① 普希金的这首长诗，起笔于1823年年底，完成于1824年10月10日，全诗569行，瞿秋白先生只译到第433行。这篇未完的译诗，最初发表在[五月]诗集上，后于1938年3月由万叶书店印为单行本，此地所译的，就是根据这一版本。又译诗后，原附有锡金先生所写的后记，共四大段，现只记录了一二两段，因为这两段可以帮助我们了解瞿秋白先生译这首诗的经过情形，其他两段则从略。又译诗中的许多注解，都是编者根据原文校阅时加进去的。

（本书《普希金诗选》编选者附注：瞿秋白同志这部珍贵的译著是从罗果夫主编，戈宝权编辑《普希金文集》时代出版社，1957年转载的，谨表谢忱！）

（时代出版社编辑部附注：最近发现人民文学出版社出版的[茨冈]，有李何的补译。我们商得人民文学出版社的同意，趁这次重印，拿来补在这里。同时，我们删掉了锡金的[后记]中的第二段，即他用散文补译[茨丙]的那一段；至于第一段，则作为本篇的附录，仍保留在篇末。——1954年2月25日）

② 柏萨腊比在罗马尼亚东部，与乌克兰接壤，现为摩尔达维亚苏维埃社会主义共和国，首府为吉辛达夫，1820年时普希金曾被放逐于当地。

一半盖着地毡，
点上了灯，一家人
围着就预备晚饭。
他们的马在干净的田地上放着，
篷帐后面一只熊开了锁链躺着。
旷场中间，一切
都是活泼泼地：
小孩子叫着，
女人唱着，
还有车上的
行军灶响着。
这些人家，一早
就又要上路的，
他们要有心事，
也是怪和平的。
游荡的营帐扎下了，
沉默的睡魔也来了。
静悄悄的广场，听得见的
也就只有马嘶跟狗咬了。
那儿也再看不见火光，
什么都安静，只有月亮
高高的独个儿在天上

照着那静悄悄的营帐。
一顶帐篷里面
老头儿还没有睡着，
他坐在炭跟前
借一点儿火气烤着，
看着那远远的田地
罩满了夜里的雾气。
他有个年轻女儿，
到荒田里去玩了，
她那自由的性儿，
就这么游荡惯了；
她来是要来的，
可也已经太晚了，
月亮送着云儿
　　要分手也就快了。
　　真妃儿，真妃儿呢，怎么还不来，
　　老头儿这顿穷饭也要冷完了。

　　啊，她来了。跟着她后面走的
　　那个人，年纪很轻呐，——
　　老头儿是从来也没见过的。
　　姑娘说："我的父亲呐，

我有个客人：我在坟场
荒地上找着的他，
我叫他来到咱们的营帐，
让他这儿过夜罢。
他说，他要做茨冈人，
跟我们一样，
衙门里要捉他，我可要保护他。
他名字叫阿乐哥，
愿意到处跟着我。”

老头儿：——
我很高兴。
就在我们篷帐
里面的草堆上
过夜也行，
要是你真愿意
留在我们这里
一块儿来挨这个苦命，
那也没有什么不行。
准有你的面包，
准有地方睡觉，
你就做了我们的人，

只要惯了就成，
虽然说是穷困，
倒也自由得很。
咱们明天清早起身，
就一块儿赶着车动身；
随便你找个什么事做做：
铁锤呢[1]，阿乐哥？
还是你会唱歌
带只熊到村庄上去走走？

阿乐哥：

我留着不走了。

真妃儿：

他是我的——
谁也不会来把他赶走的！
啊呀，已经是太晚了……
弯弯的月色落山了，
田地都已经给雾盖住了。
梦魇来了，我真熬不住了。

天亮了。老头儿轻轻的

① 此句中的“铁锤呢”，按原文亦可译为“打铁呢”。

　　绕着那个没声音的
　　篷帐走着。“起来罢，
真妃儿，太阳也出山了；
我的客人，醒醒吧！
孩子们，好梦别太贪了。”
大家都起身了，好热闹，
篷帐拆了，车子准备好，
这么一大群的人
大家一块儿动身，
那好空旷的平原上，
后面老的少的，家婆男女，
前面还有小孩子，骑着驴：
驴背上背两个大筐
一边一个的挂着，
孩子在里面耍着。
叫唤着，闹着，
茨冈的歌唱着，
熊也在叫着，
它的锁链响着；
花花绿绿的是破烂的衣服，
小孩子老头儿还光着脊梁；
狗的叫声，咬声，人说话的声音，

还有咿咿呀呀的车子的声音。
这是多么烦杂，多么野腔野调，

可是，一切都活泼泼地安静不了，
没有我们那种死沉沉的情调，
没有那样的安闲生活的单调，
——只有奴隶的歌谣
才会单调和无聊。

尽看着那空旷的荒地
那年轻人是在烦闷，
忧愁的原因好秘密，
自己都不敢问一问。
现在他是个世界上的自由人，
黑眼睛的真妃儿同着他，
太阳也很快乐地照着他，
中午的阳光美丽得那么可爱。
年轻人的心可还在跳动，
他担心着什么，这样心痛？
　　你看吧，看那上帝的鸟儿，
　　它不用劳动也不用担心，
　　夜长呢，树枝上睡个觉儿，

哪儿为着做窝儿去操心。
太阳出来了，
拍拍翅膀就要飞的
鸟儿唱开了，
好嗓子是上帝给的。
春天景致是最好，
等到热过了一个夏天，
晚秋就又是雾又是烟，
人要苦闷要烦躁，
鸟儿可远远地飞去了，
飞过苍茫的大海，
飞到暖和的天边去了，
等到了春天再来。
他也是只无忧无虑的鸟，
给人赶出来了，到处漂流，
靠得住的巢儿，向来没有，
无论什么，他一概受不了。
四面八方，哪儿都是他的路，
到处的草堆都算是他的床，[①]
早晨醒来，听那上帝的调度，

① 此句按原文应译为："到处都有供夜宿的庇荫"，大概是秋白先生在翻译时将原文中的"ceHb"（有阴影、天幕、庇荫等意）误看成"ceHo"（干草）了。

一天到晚就这么吊儿郎当。
要过活固然
总要用些心机，
可是他的懒
使他死心塌地。
神妙的福星，有时候
意外的降临，他要有
这样的偶然的运气，
就过得堂皇富丽。
孤零零的他，
头上也不止打过一次焦雷。
可是他管吗？
他总是马马虎虎倒头就睡。
就这样过活，
管不了许多，
看那瞎了眼的命运
究竟有多大的本领！
然而他的情爱，
耍过他的心神，
那是多么难挨，
满腔都在沸腾！
这样的日子过去了有多久，

就算安静了是不是能长久？
那情爱是总又要醒的：
等着吧，不给你放心的。

真妃儿：——
　　好朋友，你讲吧，
　　你拿掉了那些，[1]
　　有点儿可惜罢？

阿乐哥：
　　我拿掉的哪些？[2]……
真妃儿：
　　你自己懂得——
　　那些故乡的人，
　　还有故乡的
　　城市。

阿乐哥：
　　要可惜人？
　　可惜什么？

---

①此句按原文应译为：“你永远丢掉了的那些”。
②此句按原文应译为：“我丢了些什么呢”。

你也知道，
你想得到
那是什么！
那沉闷的城市，
不自由有的是！
那里的人要成堆，
四面围着堡垒，
早晨也没有爽快的呼吸，
没有青春的草地的气息。
他们爱呢，又要害羞，
思想也要赶走，
出卖着自己的自由，
对着偶像叩头；
讨那一点儿钱，
还戴一根锁链。
我丢了什么？是卖朋友的干活，
是那些发疯似的要钱的家伙，
是荒谬绝伦的判决词，
还是耀武扬威的羞耻？

真妃儿：——

然而那个有高大的宫殿，[1]
有的是那花花绿绿的地毯，
热闹的玩意儿，还有酒宴，
姑娘们的打扮是那么好看！

阿乐哥：——

城里面的热闹那又有什么快乐？
那儿没有爱情，那儿就没有快乐；
姑娘们呢……你没有她们的
珠宝跟首饰，没有她们的
贵重装饰，还比
她们强呢！
你不要变心，我的亲爱的！
我……就只有一个心愿——
要给你爱情，
要跟你散心，
就流落也心甘情愿。——

老头儿：——

孩子，你倒还爱我们，
虽然出身是个富人；

① 此句按原文应译为："然而那儿有的是庞大的宫殿"。

可是，谁要是享惯了福
自由就不一定是舒服。
咱们这里好久就有一个传说：
皇帝把一个人赶了出来，
叫他来到这里过流浪的生活，
（他叫什么，我可记不起来，
虽然我以前知道他的贵姓大名）
他已经上了年纪，
可是他的好心，却又活泼又年轻；
他的嗓子可来得稀奇，
像流水的声音那样潇洒，
真有点儿唱歌儿的天才。
大家都爱上了他，
他就在那敦奈河边儿住下，[1]
谁也不肯得罪，
他只爱讲故事，真叫人舍不下。
他是什么也不想，
又胆小又没力量，
真像个小孩子
只等着吃奶，

① “敦奈河”按通译为“多瑙河”。

打猎捉鱼，都是别人替他干，
河里冻了冰，那可是真为难；
冬天的大风雪，呼啦呼啦地吹着，
一层层蓬蓬松松的雪花儿盖着，——
盖着这神圣的老头；
可是，他仍旧不能够
自己关心自己生活的穷苦，
东飘西荡，他脸是那么干枯。
他说这是上帝的震怒，
罚他的罪过，叫他受苦。
他尽在等着饶恕，
可怜呵，总是愁苦；
就这么沿着敦奈河游荡，
多少痛苦的眼泪流得那么冤，
还在那儿回想了又回想，——
想自己的城市是离得那么远……
他死的时候，
悲伤的朋友
还听见了他的遗嘱：
请他们把他的尸骨
一定要送到南边去安葬，——
死都记得这是他的外乡。

阿乐哥：——

哦，罗马，哦，伟大的国家，
这就是你子孙的命穷！
爱情的，天神的歌曲家，
请你说罢：什么是光荣？
是坟墓上的呼号，
歌功颂德的热闹，
一代一代传下去的声名？
还是在草堆里借着树荫，[①]
支起烟雾沉沉的篷帐，
听说故事的野蛮茨冈？

过了两年。这些和平的茨冈人
仍旧是那样成群地流浪，
照旧是到处欢迎，
到处有的是安静。
阿乐哥抛弃了那锁链似的文明，
自由自在，和他们一样，
没有什么可惜，也没有什么担心，
就这么一天天地游荡。

① 此句中的“在草堆里”是误译，按原文应为“在烟雾沉沉的篷帐的荫庇下”。

仍旧是那么样的他，
仍旧是那样的一家；
以前的事情，
甚至于忘完了；
茨冈的生活，
他已经过惯了。
他爱他的过夜的草堆，[①]
爱那永久的懒惰的沉醉，
爱他们讲话的腔调，
又响亮又那么单调。
那个毛茸茸的熊，
丢掉了自己的洞，
也住在他的篷帐，
倒像个客人的模样。
沿着荒郊野地的道路，
靠近莫尔多人的院子，
它就在村庄上跳舞，
一群人围了一个圈子，
人家小心珍重的，
它可臃臃肿肿的，

① 此句按原文应译为“他爱他们夜宿的庇荫”。

又那么哼哼叫着，
把陈旧的锁链咬着，
老头儿撑着旅行的手杖，
懒懒地敲着鼓儿；
阿乐哥唱着歌儿，
牵着那个熊儿；讨点儿赏——
丢一个圈子，可要难为真妃——
去收大家的钱，谁愿意就给……
晚上来了，他们三个人一块儿
煮着人家没有收割的小麦；
老头儿睡着了——什么都安静了
篷帐里静悄悄的，那么乌黑。
老头儿的血已经快要冻了，
晒一晒那青春的太阳
暖和一下吧；女儿可唱动了，
她靠着摇篮就那么唱，
她唱她的爱情，
叫阿乐哥寒心，
阿乐哥的脸
苍白得可怜。

真妃儿唱：

我的老丈夫，
可怕的丈夫，
你就砍我，你就烧我，
我不怕刀，我不怕火，
我的心肠铁硬，
看见你就要恨；
我爱了另外一个他，
就是死，我也要爱着他。

阿乐哥：——
别作声。唱歌真叫我厌烦，
这样的野腔调，我不喜欢。

真妃儿：
你不喜欢？那和我有什么关系？
我唱我的歌儿，我唱给我自己。
你就砍我，你就烧我，
我可是什么也不说。
我的老丈夫，
可怕的丈夫，
你不会知道他，
你别想知道他！

他比春天还新鲜，他比夏天还热烈；
他是多么爱我！多么勇敢，多么年轻！
那天悄悄的晚上，我和他多么亲昵！
说起你的花白头发，我还笑得要命。

阿乐哥：——
别作声，真妃儿，我满意……

真妃儿：
你的歌儿，你懂了没有？

阿乐哥：——
真妃儿……

真妃儿：——
我唱的就是你，
你要生气，有你的自由。
（她走开，唱着“我的老丈夫”等等。）

老头儿：——
对了，对了，我记得了；这一首歌儿
我们那时唱起的头儿，

就这么唱着好玩，
大家都已经听惯。
从前在卡古尔的荒野，
流浪着的冬天的长夜，
我的马里提亚对着火儿，[1]
摇着女儿唱着这首歌儿。
过去的那些年代，
一天天地消磨，
暗淡得记不起来，
独有这一首歌，
简直和生了根一样，
深深地记住在心上。

安静得什么也……
南方，南方的夜……
那碧青的天上
挂着一个月亮。
真妃把老头子叫醒：
“阿乐哥多可怕，哦！父亲！
他做着噩梦，你听听：

① 按原文“马里提亚”应译为“马利乌拉”（Mapnyna）。

他是在哭着，又在哼。”

老头儿：

别动他，别作声；
俄国有个传说：
现在半夜三更，
宅神总是压着
睡着了觉的人，
呼吸就很难过；
天快亮了，宅神
自己就会走脱。
你，现在别作声，
来跟我一块坐。

真妃儿：

父亲，他在悄悄地叫“真妃儿”！

老头儿：——

他在找你呢，虽然做着梦！
可见得这是他看着真妃儿
比整个儿的世界还贵重。

真妃儿：——

我对他的爱情可已经冰冷，
我的心要自由，我实在气闷，
我已经……可是，静些，你有没有听？
他又叫了另外一个人的姓名。

老头儿：——

是谁的？

真妃儿：

你也没听清？
他哑着声音地哼，
咬着牙齿地发狠，
多么可怕！我去叫他醒。

老头儿：

何必呢；不要把夜神赶走，
他自己会走的。

真妃儿：——

他在翻身了……
他醒了……起来了……他在叫我……

我去看他。再见，你也好困了。

阿乐哥：——

你在哪里？

真妃儿：——

跟父亲

一块儿坐了一坐。你好难过！

什么鬼压住了你，你的心

在梦里苦够了。真吓着了我：

你在梦里咬牙切齿地叫我。

阿乐哥：——

我梦见了你。仿佛是你和我……

唉，我看见了可怕的幻象。

真妃儿：——

你，别信那梦里的怪现象。

阿乐哥：——

我吗？唉，我什么也不信：

梦也不信，甜言蜜语也不信；

就是你的心，我也不信。

老头儿：——

你干什么时时刻刻地操心，

干什么要叹气，唉声，

我的发疯的青年人？

这里的人是自由的，

天是青的，老婆有的

光荣就是美丽。不要哭；

烦闷死了，你自己吃苦。

阿乐哥：——

父亲，她不爱我。

老头儿：——

朋友，你别难过，

她是个小孩；

你的发愁真没有道理

你那样的爱，

又难又苦，女人的心理

可来得个随便；

你看那个天边，

远远的月亮
自由地在逛；
它的光辉顺便
平等地照着整个天下，
它就这么随便地
射着一片云，那云底下
可真是灿烂的光芒，
但是，你看它已经又
移到了另一片云上，
仍旧又不会有多久。
谁能够指示天上一个地方，
给月亮说：再动就不行！
谁又能够对着年轻的姑娘
说：爱着一个不准变心！
你宽心些罢！[①]

阿乐哥：——
　　她以前多么爱我！
多么亲热地待我，
就说晚上吧，

① 自此行起，系从另束纸片中抄出者。一锡金注

在空旷的寂静里面
总和我一块儿谈天!
她充满着孩子气的快乐,
还有甜美的私语,
或是温柔的拥抱,
会把我的愁闷
一下子就都赶掉!
现在怎么样呢?
真妃儿对我要欺瞒了!
我的真妃儿竟冷淡了!

老头儿:——

你听着,我给你讲我自己的故事。
要知道,这是很久很久以前的事,
莫斯科人还没有恐吓东奈河[1]——
(你瞧,我记起了旧的悲哀,阿乐哥)
那时候,我们害怕着苏丹,
归那个帕萨蒲扎孔谟管,[2]
他那高高的堡垒在亚克尔曼,
那时候呢我还年轻,我的心肝

① “东奈河”,按通译为“多瑙河”。
② 此句按原文应译为“归那个名叫蒲扎克的土耳其总督管辖”。

正在沸腾着狂热的快乐，
我的头发没有灰白一根。
年轻美人之中，一个……
我真当她太阳似的赏识，
后来呢，她终究成了我的。
唉，青年时代是容易过的，
真像流星那么样一闪，
我的爱情可比这个还短：
她，呀，我的那马利乌拉，
只爱了我一年。有一天，
我们在卡古尔的水边
碰到另外一帮茨冈儿；
他们在我们附近
山脚底下，搭了篷帐，
一块儿歇了两晚上。
第三天他们就动身，
马利乌拉，丢下了小女儿，
就××跟着他们走了。①
我安安稳稳地睡着觉儿，
天刚亮，我醒过来，没有了！

① 按原文，此处的“××”，可改为“一同”两字，或删去亦可。

没有了我的爱人。找着叫着，
一点儿影子也没有，
真妃儿也哭了，尽在吵闹着，
我也哭了！……从那时候
世界上的姑娘们，
我××也不过问，①
寂寞得我一个人，
再也没有找爱人。

阿乐哥：——

你怎么没有立刻赶出去，
追着那个，忘恩负义的，
和那个野兽，怎么没有去
一刀刺进那刁货的心里呢？

老头儿：——

干吗？青年比鸟还自由，
谁能够×得住爱情呢？②
快乐也让大家去轮流，

① 按原文“××”处可改为“一些”两字或译为“从那时起我讨厌世界上所有的雌性们”。

② 按原文，“×”处可改为“止”或“阻”字。

过去的，是回不来的呢。

阿乐哥：——

我可是不能够那么样。不行：
我也不争论，可是我不能够放弃
　　　　　　　　　　我的权利，
至少，也要痛快地报仇，才行。
要是无底的海岸边，找到了
　　　　　　　　睡着的仇敌，
脚尖也不肯饶他：
吓！我赌咒，我的脚尖也不肯饶他；
我呐，就是他不会抵抗，
我也要把他推进海洋，
我颜色也不变。我要凶狠地笑他，
笑他那突然惊醒的恐惧，
听着他扑隆通地掉下去，
这声音够我长久地好笑，
也可算得甜蜜的音调。

年轻的茨冈人：

再，再亲一个嘴！

真妃儿：——

快些！

我丈夫又凶又爱吃醋。

茨冈人：——

再亲一个……要长久些。

为着分别。[1]

真妃儿：——

分别罢，趁他没有到来以前！

茨冈人：——

说罢，什么时候又再见面？

真妃儿：——

今儿；当着月亮落山，

在那儿，在冢后墓上。

茨冈人：——

骗人！她不会来的。

---

① 译者译至此为止，此后为李何补译。

真妃儿：——

　　跑罢——他来啦。我亲爱的，
　　　　　　　　我要来的。
　　阿乐哥睡着。他心里
　　浮动着恍惚的幻影；
　　他，暗黑里边叫边醒，
　　醋意地伸开手臂；
　　手在担心
　　抓到被窝冷冰冰——
　　他的伴儿离开了很远……
　　他颤抖地抬起身来瞧瞧……
　　什么都安静：恐惧把他拥抱，
　　浑身又冷又发烧；
　　他起来，从篷帐往外走，
　　阴惨的，绕着车子漫游；
　　一切恬寂寂；旷野静悄悄；
　　黑黝黝；月亮躲在云雾里，
　　只有稀微的星光闪耀，
　　那露水上勉强可辨的足迹
　　通到远远的冢丘：
　　他焦急地顺着

不祥的足迹走去。

　坟墓在他的前头
远远地在路旁发着白光，
他怀着预感的苦恼，
拖着无力的双脚，
嘴唇打颤，膝盖发抖，
向着那儿走……
突然间……这也许是梦？
突然在那被污渎的墓上，
他看到亲昵的双影，
又听到亲切的细语。

第一人声音：

是时候了——

第二人声音：

别忙罢！

第一人声音：

我亲爱的，是时候了。

第二人声音：

　　不，不，别忙，

　　　等到天亮罢。

第一人声音：

　　已经不早了。

第二人声音：

　　你爱得好胆怯呵。

　　再等一分钟！

第一人声音：

　　你会害我。

第二人声音：

　　再等一分钟！

第一人声音：

　　如果丈夫醒来

　　我不在……

阿乐哥：——

我醒来了。

你们哪儿去呵？

你俩都别忙罢；

对你们，这儿坟边也好。

真妃儿：——

我的朋友，逃呀，逃！

阿乐哥：——

别忙！

年轻漂亮的人儿，去哪儿？

躺下去吧！（用刀刺他）

真妃儿：——

阿乐哥！

茨冈人：——

我要死了！

真妃儿：——

你在杀他！阿乐哥！

瞧：你溅了一身血！

哦，你干了什么？

阿乐哥：——

没有什么。

现在你呼吸他的爱情去罢。

真妃儿：——

不，我不怕你，够了，

你的威吓我鄙视，

你的杀人行为我诅咒。

阿乐哥：——

你也死去罢！（刺她）

真妃儿：——

我死也爱他。

曙光照耀的东方发亮了。

冢丘后，阿乐哥

血淋淋，手握着刀，

在墓碑上坐着。

他面前躺着尸首两个；

凶手有面孔可怕，

一群受惊的茨冈人
胆怯地围住了他；
墓穴就在一旁挖，
挨个过来了悲伤的妻子们
把死者的眼睛吻了一下。
老头儿爹爹独个儿坐着，
在沉默发呆的悲哀里
朝那死去的女儿望着。
他们举起尸首，抬着，
把年轻的一对儿放到
冰冷的土地的怀抱。
这一切，阿乐哥远远地看到。
当他们被最后一撮土盖好，
他默默地，缓缓地欠身向前，
从墓碑上向草地跌倒。

这时候，老头儿走近来，说道：
“离开我们罢，骄横的人！
我们是粗野的人，
我们没有法律，
我们不磨难也不处死人，
我们不要血也不要呻吟；

可是跟杀人犯一起过活却不甘心。
你生来不是这粗野的命，
你只要自由属于你个人；
我们怕你的声音：
我们胆子小，却有善良的灵魂，
你呢，又凶又横；——对不起呵，
离开我们罢！祝你安宁！”

话说完了，游荡的茨冈人
闹哄哄的一大群动了身，
离开那可怕的过夜的山峪，
很快的全都消失在草原的远处。
只有一辆车子，
盖着一条破毡子，
在命定的旷野上留住，
就宛如冬天快要到来的时候，
在雾气弥漫的早晨，
从旷野飞起了一群迟飞的野鹤，
叫着飞向那远远的南方，
有一只被致命的子弹打中，
它垂着受伤的翅膀，
悲惨地留下来了。

　夜来了；
在漆黑的车子里
没有谁把火生起，
在搭着的幕顶下面
直到早晨没有谁安眠。

结　　语

　歌儿的魅力
在我的朦胧记忆里
就这样复活起
那忽而光明，
忽而悲惨的日子的幻影。
在那可怕的战鼓声音
长久没有平息的国家里，
在那俄罗斯人给斯坦部尔[①]
划定疆界的国家里，
在我们的老双头鹰[②]
还被喧嚷着过去的光荣的国家里，
我在草原上的古代营垒中间，

① 亦译伊斯坦堡，在土耳其。
② 双头鹰是帝俄的国徽。

碰见了和平的茨冈的车辆，
和他们孩子气的柔和的自由自在。
跟随着一群懒洋洋的茨冈人
我常常在旷野上游荡，
吃的是他们简单的食物，
躺在他们的火堆前睡眠。
在缓缓的行进中，我喜欢
他们那一片快活的歌声——
可爱的马利乌拉的温柔的名字
我长久地念着，一次又一次。
可是幸福也不在你们中间，

不幸的自然的儿子！
在破烂的篷帐里
还做着苦楚的梦，
你们那游荡的庇身所
就在荒野中也逃不了不幸，
到处有命定的情欲，
那就抵抗不了命运。

青铜骑士

前　　记

本文所叙事件属实。洪水泛滥之详情源自当时报刊杂志，感兴趣者参看伯尔赫记事便知其详。

诗　　序

　　在水波浩淼的河岸上
他[1]伫立着，心中充溢伟人的构想，
放目远望。在他的前方
河水宽广地奔流；一条独木船
凄惶而孤独地前行在水浪上。
在遍布青苔和潮湿的两岸，
茅屋黑绰绰地散落在这里那边，
赤贫的芬兰人就栖身在那里面；

① 亦即彼得大帝。——译者注。

一片树林不曾被阳光照亮，
坐落在遮没太阳的雾霭中，
在四外发出一片喧响。

　　他正运筹思索：
我们将从这里给瑞典人以威吓，
一座城市将就此拔地而起，
让傲慢的邻邦感受到震慑。
在这里大自然注定要为我们
打开一道通往欧洲的窗口，
我们将在海边坚如磐石。
各国的旌旗踏着新的波浪
汇聚到我们这里做客，
我们将在辽阔的海域狂舞劲乐。

　　百年已成过去，年轻的城市，
北方国度的美景与奇迹，
从森林的黑暗与沼泽的泥泞
你华美而高傲地崛起；
这里从前只有芬兰的渔民，
忧郁的人自然的过继孩子，
独自在低矮的河岸上

将他那张破旧的渔网
投进幽深莫测的水底。
沿着生机勃勃的两岸，
宫殿与宝塔鳞次栉比；
如今，在那里，百舸争流
蜂拥而至来自世界各地，
向着物资丰富的码头停泊；
涅瓦河身着花岗石外衣；
一座座长桥在飞浪上拱起：
涅瓦河大小不等的岛屿
将一方方绿色花园遮蔽，
于是，面对这年轻的首都，
古旧的莫斯科花容尽失，
如同一位年老寡居的太后
面对新册立的女皇肃然而立。

　　我爱你，彼得的创造，
爱你威严端正的容貌，
涅瓦河岸的花岗石堤堰，
还有汹涌澎湃的浪涛：
我爱你铁栅栏上的花纹，
我爱你若有所思夜晚的

透明的幽暗，无月的光照，
那时我在自己房间
无需点灯便可读书和写稿。
岑寂街道上明晰可见
睡意蒙眬的高楼巨厦，
海军总部的塔尖明亮闪耀。
还没来得及将夜幕
投向金光灿灿的天穹，
给夜晚只留半个时辰，
一道霞光忙于接替另一道，
我爱你冷峻冬日的
凝滞的空气和僵硬的严寒，
雪橇沿着宽广的涅瓦河奔跑；
少女的面庞比玫瑰还要鲜艳，
舞会的辉煌喧闹谈笑，
单身汉豪饮狂欢的午夜时分
酒杯泡沫发出的咝咝声响，
还有潘趣酒泛起的蓝色火苗。
我爱你，玛斯校场上
青年军人的威武荣耀，
还有那步兵骑兵列队成行
戎装整齐的俊朗风貌，

这些破碎的胜利的旌旗
在整齐的队伍中猎猎飞飘，
铜盔在战役中弹痕累累，
却在雄壮的军容里熠熠闪耀。
我爱你，军威赫赫的都城，
你那弥漫硝烟和隆隆战炮，
当北国的皇后将年幼的
太子奉献给皇宫，
或者是俄罗斯战败了敌人，
重又盛典豪宴欢庆荣耀，
抑或涅瓦河摧毁坚冰，
并将冰块向大海裹挟而去，
它感受到了春的时辰而奔走相告。

彼得的城，你尽显华美
如同俄罗斯坚不可摧，
倔傲的大自然甘拜下风
与你言和不再肆虐呈威：
就让芬兰湾的波涛永远忘掉
曾经有过的掳掠与敌对，
就让它们不再用徒劳的仇杀
惊扰彼得那永久的梦寐！

确曾有过可怕的往昔，
对它的记忆如昨清晰……
我的朋友，就让我为你
把那段往事讲起。
我的讲述将是充满哀戚。

第　一　章

在阴沉的彼得格勒上空
弥漫着十一月深秋的寒气。
涅瓦河浊浪拍天呼啸汹涌
拍击着垒砌整齐的岸壁，
它翻滚着，宛如一个病人
在病床上焦躁不宁翻转不息。
已经是夜色降临，黑暗四极；
雨将窗棂狂暴地敲击
风在猛刮，发出悲哀的嚎啼。
就在此时做客回家的是
我们的年轻的叶甫盖尼……
让我们给自己的主人公
就取这个名字。叶甫盖尼

叫起来甚是好听：我的笔
早已和这个名字结下了友谊。
我们不需要给他把外号另起，
尽管在过往的年代里
这个名字可能曾显赫一时，
而且在卡拉姆津的笔下，
在民间传说中也有过风靡；
但如今无论在上流社会
还是街传巷议都已把它忘记。
我们的主人公在科隆纳某处任职，
他回避与显贵结识，同时
既不为长眠的先祖悲戚，
也不为已逝的流年叹息。

就这般，叶甫盖尼回到了家，
扔下外套脱去内衣躺下。
但他久久不能入睡
各种念头搅得他七上八下。
他究竟在想什么？在想
他太贫穷，他得靠劳动
唯有此才能给自己谋回家
独立的生活与地位的荣华。

但愿那智慧还有钱财
上帝能发发慈悲恩赐予他。
因为有这样一些福人，
生活上是懒虫才智上是傻瓜，
但是他们活得要啥有啥!
他想，他谋得职位拢共才有两年；
他还想，户外仍是风狂雨大；
浪涛不停地猛涨，就要淹过河沿；
涅瓦河的桥梁眼看就要被冲垮
他还想，他得两三天时间
都不能见一眼他的帕拉莎。
叶甫盖尼揪心地叹了口气
像个诗人，思绪纷纷洒洒：

“我能结婚吗？为什么不？
这事情固然是十分艰巨：
那又怎么样，我年轻力壮，
我已准备好夜以继日去辛苦：
总得想办法让自己有个窝
把我的帕拉莎安置在里头
尽管这个窝粗糙而又简朴。
也许过上一到两年——

我就能谋上一份差事，我就
把我们的家交给帕拉莎
还有养育我们的小娃娃——
我们俩就这么生活在一起
手牵着手一同走向棺柩，
就让儿孙们把我们俩葬在一处……”

　　他如此地憧憬着。那个夜晚
他郁郁寡欢，他在期盼，
窗外的风号得别那么忧烦，
那雨啊，就别再把窗户
气鼓鼓地敲个没完……
　　　　　　他终于
合上了困倦的双眼。
风雨夜的黑暗眼见得淡薄
惨淡的白昼已经降临人间……
一个可怕的白天！
　　　　　涅瓦河一整夜
抗击着风暴向大海奔流；
但敌不过风的狂暴凶蛮……
和它搏斗已经无力回天……
第二天清晨涅瓦河两岸

蜂拥的人群挤满在河边，
他们观看惊涛的拍溅，
看骇浪的飞沫涌聚成山。
但因海湾涌来的巨大风力
被隔断的涅瓦河倒流反转，
它雷霆暴怒，汹涌飞翻，
吞没了河中岛屿一片片。
这时暴风雨变得越发凶险，
涅瓦河咆哮着惊涛拍天，
水如同开了锅沸腾滚翻，
突然像发了疯的猛兽
朝着彼得堡直扑而来。在它面前
一切都在飞跑，四周的一切
空空如也——大水突然
全都涌进地下室里边，
水沟里的水迸向栅栏，
彼得堡就像海神特里同，
身陷在齐腰深的大水里面。

围攻！冲锋！汹涌恶浪，
就像一群窃贼钻进了门窗。
小船在疾驶中撞碎了玻璃。

盖着湿布用来叫卖的托盘，
小房子的碎片，木段，屋顶
囤积的小本买卖的什物杂件、
让人生怜的贫民的全部家当，
被雷雨摧毁的一座座桥梁，
被冲决开的墓地里的棺木
全都漂浮在大街小巷！
　　　　　　　　人们
目睹上苍的愤怒等待着惩处
唉！住所与食物，全都毁得精光！
怎么能失而复得
　　　　　在那个可怕的时光！
先帝还享有赫赫声誉
统治着俄罗斯。他走到露台上，
坐立难定，神情凄惶，
他言道："历代沙皇
无法战胜恣意的大自然。"
看着眼前令人可怖的水灾，
他坐下沉思，用哀戚的目光。
广场变成了一片片汪洋，
街道如同一条条大河
滔滔汩汩汇集向广场。

皇宫在大水中像一座孤岛。
沙皇一声令下——从四面八方，
沿着远近的大街和小巷，
他的将军们就会山现在
滔天浊浪吞噬下的危险道上，
将惊魂丧胆，围困于家中
坐以待毙的人救出死亡。

　　那是在彼得广场
高耸起一座刚刚建起的楼房，
在那里，在高高的台阶上
矗立着两头守门的狮子，
伸出前爪，就像活的一样，
骑在这大理石狮子身上的是
没戴帽子，双手交叉胸前的
叶甫盖尼。他一动不动，面色苍白
可怜的他担心的不是自己。他不曾听见
贪婪的洪水怎样继续上涨，
打湿着他的脚跟和脚掌，
雨水如何抽打他的面庞，
那风如何肆虐地号丧，
猛然地把他的帽子也摘扔水上。

他睁着一双绝望的眼睛，
呆滞地向一个地方凝望。
在那里，从愤懑不已的深渊
兀立起山一样的波浪
而且越发地势不可挡。
在那里狂风嘶吼，
房屋的碎片也四处飞扬
……天哪，天哪！在那里——
唉呀！就在巨浪近旁，
差不多就在海湾边上——
一株柳树，一道简陋的篱墙
里面还有一座破陋的小房：
住着寡母和女儿，他的帕拉莎，
他的幻想……这可是梦乡？
难道说我们的整个人生
一无所有，就像空洞的梦想
只是上天嘲笑人世的荒唐？

　　于是他如同着了魔，
像是和那石狮子在一处紧锁，
他下不来！在他的四周
全都是洪水，别无他物！

而在那坚不可摧的高处。
高临于波涛汹涌的涅瓦河，
伫立着手指远方的铜像
正背对着叶甫盖尼，
在青铜铸成的马上骑坐。

第　二　章

然而，就这般毁坏了个够
因自身蛮横的暴行而累得散架，
涅瓦河开始倒流，它一边
欣赏着自己的愤怒之举，
同时将自己的掳获恣意抛下。
就这样，这个恶棍带领属下
穷凶极恶的团伙钻进村野农家。
他们打家劫舍，烧杀掳掠，
施暴毒打，换来的是哭喊叫骂！
强盗们终因掠夺太多而疲惫，
慌不择路逃回它们的老家，
担心有人从后面追赶，
把掳掠来的东西一路上丢撒。

　　洪水退了下去，马路
露了出来，而我的叶甫盖尼
脚步匆忙，神情呆滞，
满怀希望、恐怖与愁戚
向着刚刚平息的河水走去。
但波涛仍在凶狠地翻腾，
满带着喜庆胜利的气息，
波浪下面仿佛阴燃着大火，
水沫浪花在河面上飞溅不止。
还有那涅瓦河在沉重地喘息，
犹如一头骏马从战场上飞抵。
叶甫盖尼看着：他看见一只船；
如同见到救星向它奔去；
他呼唤那个摆渡的船夫
而那个船夫却不慌不急
要他付出十戈比银币
方可把他送过这风大浪急。

　　这个老练的船夫
同凶恶的浪涛搏斗了许久，
小船载着他莽撞的搭客
时刻准备着没入波涛深处

——到最后
船儿终于到达了彼岸。
　　　　　不幸的人
向着他全心挂念的地方
沿着熟悉的街道奔跑向前。
但景象让他恐惧！
一切都横七竖八在他面前呈现：
有的被冲光，有的在塌陷；
一些房子歪歪斜斜倒向一旁，
另一些已经完全坍塌在地边。
就像是经历过厮杀的战场
放眼所及尸横遍野，混乱一片。
叶甫盖尼此时不记得一切，
他被痛苦折磨得精疲力竭，
他拼命奔跑向一个地方，
在那里命运正把他等待，
是吉是凶暂难知晓，
犹如一封信件还没被拆开。
他这时已经跑到了城外。
这就是海湾，房子近在身旁……
这是怎么了？……
　　　他停下了脚步。

车转身向回走去

看了看……走几步……又看了看。
这就是他们的房子所在之处；
这里曾是大门，眼前是柳树——
显然，都已被洪水卷走。可那房子呢？
他满怀着焦愁的忧虑
在周围不停地走来走去，
他不停地大声自言自语
突然间举起手拍打着脑门，
哈哈大笑个不休。
　　　　　　　夜的黑暗
降临到这颤巍巍的都城。
但市民们久久不能安睡，
他们聚集一起相互谈论
昨天发生在这里的伤悲。
　　　　　　　晨光
钻出疲倦、苍白的云层
在寂寥的都城上方光亮清楚
而且已经看不出昨日灾难的
足踪；刚刚发生的灾祸
已经通体裹上贵官礼服。

一切都又回归往日的秩序。
人们已经自由自在地在街上行走
面部带着惯常的冷酷与麻木。
那些达官显贵，
抛却自己夜晚栖身之处，
前去公务。勇敢的商人
并没有泄气，又打开
被涅瓦河劫洗过的地下仓库，
准备将自己的亏空
从远近亲友身上找回弥补。
他们将小船从庭院里抬出。
　　赫沃斯托夫伯爵
上天所宠爱的诗人，
已经用他那不朽的诗句
将涅瓦河岸边的不幸吟诉。

　　但可怜的，我可怜的叶甫盖尼……
唉！他惶恐不安的神经
支撑不住这可怕事件的打击。
涅瓦河不宁的喧嚣和风的呼号
在他耳际轰响。他脑子里
充满可怖的想法，默默地

把可怕的事情回忆。他四处浪迹
苦缠着他的是莫名的梦境。
一个礼拜过去了，又一个月——
他没有回到自己的家里。
他的那个清冷的小屋
刚等到期就已被人转租出去，
租给了一位贫穷的诗人。
叶甫盖尼没有去取自己的衣物，
他很快就被世人所忘记。
白日里他徒步浪迹，
到夜晚就睡在码头里；
靠着从窗口扔进的食物充饥。
他身上的衣服破旧褴褛得
难以遮体。可恶的一群孩子
常常追着他将石头投掷。
马车夫也常常挥过鞭子
朝着他抽打，原因是
他什么时候都辨不清路朝哪里：
——给人的感觉他是心不在焉。
内心惊恐的喧响已使他失去听力。
就这般他苦熬不幸的日子
非人非兽，不伦不类

既不是阳世的生灵
也不是阴间的鬼魂……
　　　　　　　　有一次
他睡在涅瓦河边的码头里
夏日的白昼正向秋季位移。
凄风苦雨肆虐而起，阴沉的巨浪
拍溅着码头，抱怨声喋喋不息
一边撞击着堤岸光滑的石级，
就像含冤的人站立法官门旁
发出诉求却无人搭理。
可怜的人儿醒来。他落寞愁寂：
雨下得滂沱，风吼得哀戚，
远处，与此相呼应的
是漆黑夜晚守夜人的喊声——
叶甫盖尼起身：他清楚记得
曾经发生过的恐怖事情；
他匆忙站起；踟蹰至街心
突然间他把脚步停止——
呆呆站立，目光四移
脸上带着失色的恐惧。
他走到一所大房子的
圆柱下，台阶上正站立

两只守门的石狮
正伸出一只爪子，
生动逼真，与活狮子毫无二致。
对面一方黑暗的高空
矗立在栅栏内岩石之上的是
伸出一只胳膊的铜像，
正在青铜铸成的马上稳骑。

　　叶甫盖尼打了个冷战。他的思想
惊骇地清晰，他认得出
这就是闹大水的地方，
就在这里曾经是拍天恶浪，
在他的四周凶残狂暴
包围着的还有石狮与广场
以及直插云霄的那个人
将铜铸的脑袋在黑暗中高昂，
那个在海边建造起城市的人
凭着自己的意志坚定如钢……
他在近处的幽暗里是多么可怕！
他的额际悬浮着怎样的构想！
他身上蕴蓄着何等的力量！
而这匹马燃烧着怎样的火焰！

高傲的马啊，你奔往何方?
哪里是你的扬蹄所向?
哦，命运的强有力掌控者!
不正是你在万丈深渊之上
用铁的缰绳勒住俄罗斯
让她扬蹄在巍巍高岗?

　　绕着铜像的座台
可怜的疯子在行走徘徊
并把充满野性的目光
投向统治半个世界的君王。
他的胸膛堵得难受，
靠在冰冷栅栏的是他的额头，
他的双眼蒙上一片迷雾，
心头犹如滚过一片烈火，
血液在沸腾，面对高傲的铜像
他牙关紧咬，拳头攥得发响，
就像突然有魔鬼附体一样：
“好哇，你这奇迹的创建者！”
他嘟哝了一句，恨得浑身抖得慌。
“你等着吧！……”突然跳下地
拔腿就跑。他觉得威严的沙皇，

转瞬之间勃然大怒，
并将脸向他无声地扭去……
于是他沿着空荡荡的广场
奔跑着并听见身后方——
仿佛是雷声滚滚追上——
沉重而又丁零作响的奔跃，
马路也因其震颤而瑟瑟发抖。
他的身后追赶着青铜骑士
骑在一匹奔驰作响的马上
在高处伸出一只胳膊，
皎洁的月光下熠熠闪亮。
整个夜晚可怜的疯子，
他不管把脚步迈向何方，
身后到处都是青铜骑士
骑在马背发出嘚嘚嘚的马蹄声响。
从那个时候起，
每当他路过那个广场，
他的脸上总是写着惊慌。
他都会把一只手匆忙
放在自己的胸口上，
仿佛想平息内心的创伤。
他摘下那顶破旧的帽子，

那双窘迫的眼睛甚至不抬一下
默默走在大路的侧旁。

在海边

一座小岛依稀可见。
有时候迟归的渔夫
把带有渔网的船停在岛边，
而后做着简陋的晚餐，
一些官员来荒芜的小岛观看，
抑或礼拜天行舟前来游玩。
那个小岛可谓寸草不生。
洪水游戏似的把一间
破旧茅屋卷到它的上边。
在大水上方茅屋兀自驻足
犹如一丛黑色的灌木。
去年春天来了一只海驳船
把这茅屋运离岛边。
它空空荡荡破败不堪。
发现我可怜的疯人倒在门槛边，
就在那里人们将他冰冷的尸体
掩埋，说是看在上帝的情面。

王立业　译

童话诗

王守仁　谷　羽　译

渔夫和金鱼的故事

从前有个老头儿和他的老伴儿，
住在蓝色的大海边。
他们在一所破旧的小泥屋里，
度过了整整三十三年。
老头儿出海撒网捕鱼，
他老伴儿在家摇车纺线。
有一次老头儿往大海里撒下网，
拖上来的是一网水藻。
他又一次把网撒下，
拖上来的是一网海草。
第三次把网撒进海里，
这次网到了鱼儿一条，
这不是一般的鱼——是条金鱼。
金鱼是怎样苦苦哀求的呀！
她跟人一样开口说话：
“老爷爷，把我放回大海吧，

我愿用重金赎回我自己：
你要什么我都可以给你。”
老头儿大吃一惊，感到害怕：
他捕鱼已有三十三年，
可从来没听说鱼儿还会说话。
他把金鱼放回了大海，
并温和地对她说道：
“上帝保佑你，金鱼！
你说的什么赎金我不要。
回到蓝色的大海里去吧，
在那儿自由自在地游耍。”

老头儿回到家中，
向老伴儿讲了这离奇的事情。
“今天我网到一条鱼，
是条金鱼，一条不一般的鱼。
这金鱼会说咱们人的话，
恳求我把她放回蓝色的大海，
她愿用重金赎回她自己：
我要什么都可以。
我怎会向她要赎金，
就那么把她放回了蓝色的海里。”

老伴儿听了后破口大骂：
“你这傻瓜，你这蠢人！
怎么不要她的赎金！
哪怕向她要个洗衣盆，
我们的那个已经破旧得很。”

于是老头儿向蓝色的大海走去，
他看到大海在微微荡漾。
他开始呼唤金鱼，
金鱼向他游了过来，问道：
“你需要什么，老爷爷？”
老头儿向她行了个礼，答道：
“金鱼娘娘，行行好吧，
我那老太婆把我大骂，
不让我这老头子安宁：
她要个新的洗衣盆，
我们的那个已经破旧得很。”
金鱼回答道：
“不用发愁，尽管回去吧，
你们会有个新的洗衣盆。”

老头儿回到家中，

老伴儿身旁果真有个新的洗衣盆。
可这回老太婆骂得更凶：
“你这傻瓜，你这蠢人！
光要了一个洗衣盆，真笨！
这木盆有多大用场？再去找金鱼吧，你这蠢人！
求她给我们一座木房。”

于是老头儿又向蓝色的大海走去，
（蓝色的海水变得浑浊起来。）
他开始呼唤金鱼，
金鱼向他游了过来，问道：
“你需要什么，老爷爷？”
老头儿向她行了个礼，答道：
“行行好吧，金鱼娘娘，
我那老太婆把我骂得更凶，
不让我这老头子安宁：
这爱吵嘴的婆娘想要座木房。”
金鱼回答说：
“你尽管回去吧，不用悲伤，
就照这样：你们会有座木房。”

老头儿向自己的小泥屋走去，

小泥屋已无踪影。
眼前是座房间明亮的木房，
带有砖砌的白色烟囱，
带有橡木做成的大门。
老太婆坐在窗下，
见了丈夫便破口怒骂：
“你这蠢人，你这十足的傻瓜！
光要了座木房，真笨！
回去，再去向金鱼央求：
我不愿意当个普通的农妇，
我想成为世袭的贵族夫人。”

老头儿又向蓝色的大海走去，
（蓝色的大海变得不怎么平静。）
他开始呼唤金鱼，
金鱼向他游了过来，问道：
“你需要什么，老爷爷？”
老头儿向她行了个礼，答道：
“行行好吧，金鱼娘娘！
老太婆变得更不像话了，
不让我这老头子安宁：
她已不愿意当个农妇，

想成为世袭的贵族夫人。”
金鱼随即回答：
“不用发愁，你尽管回去吧。”

老头儿返回老太婆那里，
噢，他看见了什么？
一座高大的楼房。
他的老伴儿站在台阶上，
身上穿着珍贵的貂皮坎肩，
头上顶着锦缎的双角帽子，
一串沉甸甸的珍珠挂在颈脖上，
手上戴满了镶宝石的真金戒指，
脚上穿着红色的靴子。
忠实的仆人守在她的面前，
她殴打他们，还揪他们的头发。
老头儿对他的老伴儿说：
“你好啊，东家，太太，贵族夫人！
想必现在你该心满意足了吧。”
老太婆却对他吆喝，
派他到马厩里去干粗活。

过去了一个星期，

老太婆变得更加蛮不讲理，
她又指使老头儿到金鱼那里去：
“回去，再去央求金鱼：
我不愿再当世袭的贵族夫人，
我想成为自由自在的女皇。”
老头儿大吃一惊，央告起来：
“怎么了，疯啦，你这婆娘？
你连说话、迈步都还没有学会，
你会让全国上下都笑掉大牙。”
老太婆气得火冒三丈，
打了她丈夫一记耳光：
“土包子，你竟敢与我争吵，
与我这世袭的贵族夫人顶撞？
快回海边去，老实告诉你，
你若违抗，我就派人押你去。”

可怜的老头儿向大海走去，
（蓝色的海水变黑了。）
他开始呼唤金鱼，
金鱼向他游了过来，问道：
“你需要什么，老爷爷？”
老头儿向她行了个礼，答道：

“行行好吧，金鱼娘娘！
我的老太婆又大吵大闹：
她已不愿再当贵族夫人，
想做个自由自在的女皇。”
金鱼回答道：
“不用发愁，你尽管回去吧！
就照这样！老太婆会当上女皇！”

可怜的老头儿返回家去。
什么呀？他面前是豪华的宫殿。
他看见他的老伴儿就在宫殿里，
她当了女皇，坐在桌子后边，
贵族和大臣侍候着她，
给她斟名贵的海外美酒，
她正吃着刻花的蜜糖饼干。
威严的卫兵站在她的周围，
个个都是战斧在肩。
看到这一切老头儿大吃一惊，
他连忙向老太婆叩拜，
说道：“你好，威严的女皇！
现在你那心儿该满意了吧。”
老太婆没有看他一眼，

只是吩咐把他赶跑。
贵族和大臣立即跑了过来，
掐着老头儿的脖子往外撵，
到了门口卫兵们又追了上来，
差点儿用斧头把他砍倒。
人们却都在嘲笑他：
“老糊涂，你这是活该！”
“对于你，无知的人，这可是个教训：
可不能再‘猫坐虎位’，异想天开！”

又过去了一个星期，
老太婆变得更加蛮不讲理，
她派廷臣去找她的丈夫。
他们找到了老头儿，引他到她那里。
老太婆对老头儿说：
“回去，再去央求金鱼：
我不愿再当自由自在的女皇，
我想成为大海的主宰。
我要在海洋里生活，
让金鱼来侍候我，
让她受我派遣和安排。”

老头儿不敢顶撞，
不敢说什么来违抗。
他向蓝色的大海走去，
看见海面上翻滚着乌云黑浪：
激怒的浪涛一个劲儿地翻腾，
不住地呼号、咆哮。
他开始呼唤金鱼。
金鱼向他游了过来，问道：
“你需要什么，老爷爷？”
老头儿向她行了个礼，答道：
“行行好吧，金鱼娘娘！
我对这该死的婆娘怎么办才好？
她已不愿再当女皇，
想成为大海的主宰：
她要生活在海洋里，让你亲自侍候她，
让你受她派遣和安排。”
金鱼没有说一句话，
只是用尾巴在水中拍了一下，
便钻进了深深的大海。
他在海边久久地等着回音，
一直等不到，就返回家门——
他看见眼前还是那所小泥房，

他的老伴儿坐在门槛上，

放在她面前的还是那个破旧的洗衣盆。

王守仁　译

神父和他的长工巴尔达的故事[①]

从前有一个神父，
呆头笨脑傻乎乎。
有一天这神父去赶集，
东瞧西看想要买东西。
巴尔达不知要往哪里去，
恰好和这位神父相遇。
“神父，你咋起得这么早？
什么事儿让你心急火燎？”
“我想找个长工，”神父回答说，
“能做饭、养马、干木匠活儿，
工钱嘛，还不能要得太多，
上哪儿去找这样的便宜货？”

---

① 这篇童话诗1830年9月13日完成于鲍尔金诺，普希金生前未能发表。作品的素材是诗人的奶娘阿琳娜·罗季翁诺夫娜在米哈伊洛夫斯科耶村讲述的民间故事。1831年夏天，普希金在皇村居住，曾经为果戈理朗诵过这首诗。1831年11月2日，果戈理在给达尼列夫斯基的信中提到过此事，信中写道，普希金为他朗诵了一首和《鲁斯兰与柳德米拉》迥然不同、具有俄罗斯民间文学风格的童话诗。他还以赞美的口吻写道：“这篇童话诗诗句没有格律，只有韵脚，美妙精彩，难以形容。”

巴尔达说："让我来替你干，
保准儿勤快，让你觉得合算，
干一年只朝你脑门儿弹三下，
吃的嘛，有小麦粥也就凑合啦。"
神父心里犯开了琢磨，
伸出右手来摸一摸前额。
弹脑门儿可是轻重不同，
看起来也只好听天由命。
神父对巴尔达说道："好！
双方不吃亏咱们就成交。
你最好搬到我院子里来住，
好显示你勤快麻利的长处。"
巴尔达住到了神父家里，
晚上就在干草铺上休息，
吃饭，一个人能顶四个，
干活儿比七个人干得还要多；
天不亮他就起床把活儿干，
套上马，耕了一块田，
生好火，买东西，做饭，
煮鸡蛋，还要亲自剥鸡蛋。
神父太太对巴尔达赞不绝口，
神父的女儿常替巴尔达发愁，

“阿爸”是少爷对他的称呼，
除了熬粥，捎带他还当保姆。
只有神父不喜欢巴尔达，
从来就不肯也不愿心疼他。
他常为支付报酬的事伤脑筋，
时间飞快，付酬期限已临近，
他不吃不喝，睡不安宁，
脑门儿预先就觉得生疼。
神父对他的太太说道：
“如此这般该怎么好？”
这婆娘的脑瓜子转得快，
什么坏主意都想得出来。
神父太太说：“耍个手腕儿，
我们就能躲避过这场灾难；
办不了的事让巴尔达去办，
要求他样样做得符合条件；
这一来你的脑门儿不挨弹，
我们打发他也不必花工钱。”
神父一听心里乐开了花，
他壮起胆子看看巴尔达。
“巴尔达呀，我的好长工，
快过来，有句话说给你听，”

神父大声叫，“魔鬼欠我的钱，
只要我不死它就得偿还，
这一笔收入实在好，
可已有三年没上交，
等你吃饱了小麦粥，
替我向魔鬼去征收。”
巴尔达也不跟神父多争辩，
拔腿就走，然后坐在海岸；
他动手搓成一条长长的绳，
绳子的一头儿泡在海水中，
老魔鬼忽然浮出了海面：
“巴尔达，你怎么来捣乱？”
“我要搅得大海起波涛，
让你们该死的魔鬼受不了。”
老魔鬼一听这话很丧气：
“为什么你跟我们过不去？”

“为什么？就为你们不还钱，
总也记不住已经说定的期限，
这一回我们可要开开心，
让你们这些狗东西头发晕。”
“好巴尔达，别把水搅浑，

很快你就能收到租金。
等一等，我派孙子来见你。”
巴尔达想：“戏弄小鬼更容易！”
小鬼钻出海水喵喵叫，
听声音像是挨饿的小癞猫：
“你好呀，巴尔达乡巴佬，
你来把什么样的租金讨要？
我们从来没听说什么租金，
魔鬼们从不为欠债而伤心。
得，这样吧，你且听我说，
这算是我们俩先订的条约——
事后双方谁也不能够抱怨：
看谁能先绕着大海跑一圈，
谁就有权把那些租金拿去，
看那边布袋里装满了金币。”
巴尔达笑了笑，面带狡猾：
“这就是你想出来的办法？
你想跟我比一比，赛一赛，
你哪儿有我巴尔达跑得快？
支使来你这么一个小东西！
你先等一等我的小弟弟。”
巴尔达朝附近的森林走去，

提了两只兔子装在布袋里。
巴尔达很快又走向大海，
找到那个小鬼进行比赛。
他揪住一只兔子的耳朵说道：
“三弦琴伴奏，你来舞蹈。
你这个小鬼还太年幼，
跟我比赛你不是对手。
要比赛不过是白费时间，
不如先跟我弟弟比比看。
一二三！看谁跑得快！”
小鬼和兔子都奔跑起来：
那小鬼沿着海岸匆匆飞奔，
兔子呢，连蹿带跑回了森林。
小鬼绕大海跑了一大圈儿，
耷拉着舌头，仰着鬼脸儿，
越跑越近，他气喘吁吁，
爪子乱挠，浑身汗水淋漓，
心里想总算和巴尔达清了账，
不料巴尔达拍着弟弟的肩膀，
轻轻说：“我可爱的小弟弟，
你跑累了，真可怜！快休息！”
小鬼一看吓得张口结舌，

夹起了尾巴，服服帖帖，
他用眼角瞥了那弟弟一眼，
然后说："你等着，我去取钱。"
"倒霉！"小鬼见了爷爷说，
"巴尔达的弟弟赢了我！"
老魔鬼立刻琢磨新花招，
巴尔达大声吼叫起劲地闹，
掀起了惊心动魄的九级浪，
闹得大海浑浊直晃荡。
小鬼爬出来说："住手吧，汉子，
我们这就把租金都交给你——
但是有条件。你看这根木棒！
请随便选个你喜欢的地方，
谁把这根木棒抛得更远，
就让他带走这一袋金钱。
怎么？怕脱骱？干嘛等待？"
"我等的是那一片云彩：
我先把你的木棒扔到云彩上，
回头再跟你们这些魔鬼较量。"
小鬼吓坏了，回去见他爷爷，
说巴尔达太厉害他抵挡不过。
巴尔达又一次把大海搅动，
那根绳子让魔鬼胆战心惊。

小鬼又爬出来说："你闹什么？
会把租金还给你，如果……"
"不！"巴尔达坚决地说，
"按次序这回说话轮到我，
要照我提的条件来比赛，
我定的题目你得做出来。
试试看，你的力气大不大？
那边有匹大灰马，看见了吧？
你去把那匹灰马高高举，
举着马走路走上半俄里，
举得走灰马，租金归你，
举不走灰马，钱由我拿去。"
那个小鬼真可怜，
低头就往马肚子底下钻，
只见他浑身紧张，
使出了全部力量，
举着马摇摇晃晃走了两步，
第三步摔倒在地蹬腿认了输。
巴尔达对他说："你真笨，
这点儿本事还来对付人？
一匹马，你双手举着走不了，
你瞧我，双腿一夹它就跑！"
巴尔达翻身上马疾速飞奔，

跑了一俄里沿途扬起灰尘。
小鬼吓了一跳回去见爷爷，
说巴尔达赢了他本领了不得。
魔鬼们急得团团转，
没办法只好凑够了钱，
让巴尔达把一袋金币扛在肩。
巴尔达一边走路一边叫，
看见巴尔达，神父吓一跳，
让太太快用身子护住他，
缩成了一团不敢再说话。
巴尔达找到神父拍了拍手，
交了租金，跟他要报酬。
倒霉的神父没办法，
只好把脑门儿伸给他：
巴尔达用力弹了弹，
神父蹦上了天花板；
巴尔达弹了第二下，
神父从此成了哑巴；
巴尔达再弹第三下，
老家伙变成大傻瓜。
巴尔达教训那个老东西：
“神父，今后别再贪便宜！”